小学館文庫

後宮の巫女は妃にならない

貴嶋 啓

小学館

いにしえの時代、神鬼の意を占う巫女《みこ》あり。
神に通じ、鬼《死者》に通じる彼《か》の者たちは、その力を以《もっ》て王の治世を補佐したもう。
よってその存在、あまねく国の行く末を占うものなり——。

CONTENTS

後宮の巫女は妃にならない

Kokyu no Miko wa Kisaki ni Naranai

Kei Kijima Presents

序　章

ぱちぱちと、螢那《けいな》のすぐそばまで火が迫っていた。

熱風になぶられる頬が熱い、いや痛い。

父に呼ばれて都に向かう途中、宿で目が覚めたらこの状態だった。

しかも逃げようとしても、どういうわけか戸が開かないのだ。外側から、なにか仕掛けがされているようだった。

「助けてくださいー。誰か、ここを開けて……」

声を張りあげながら、螢那は幾度となく扉を叩《たた》いた。それは緊迫した状況には似合わない、どこか間延びした口調だったが、彼女は必死だった。

しかし返事をしてくれる者はいなかった。ぶつかるようにして強く押してみても、彼女の力では跳ね返されるばかりだ。

「信じられません。まさか宿に火をつけるまでするなんて、恐ろしすぎます」

犯人はたぶん、父の正夫人だ。

彼女が螢那を忌み嫌う理由は、なにも螢那が妾《めかけ》の子だからというだけではない。螢那が、この国で長く迫害されてきた巫女の血を引いているからだ。現在の琰《えん》王朝が建ってから禁巫《きんふ》の令は取り消されたとはいえ、それでも民心からすぐに差別がなくなるわけではない。

「わっ――！」

背後でものすごい音がしたかと思うと、螢那のすぐ足元に焼けた天井板が落ちてきた。飛んできた木っ端の炎が裙《スカート》に飛び、慌てて叩いて消火する。

迫りくる炎の触手が、いまにも彼女をからめとろうとしていた。逃げようにも、すでに黒煙の満ちた部屋ではわずかな先さえ見通せない。

(私、ここで焼け死んでしまうのでしょうか)

幼いころ、焼死したと思われる死霊を見たことがある。顔もわからないほど焼けただれた身体で、熱い熱いと叫んでいた。

自分もそうなってしまうのだろうか。そう思ったらぞっとした。

「嫌ですー、ぜったいに嫌……」

煙に咳《せ》きこみながら、螢那が叫んだときだった。

「そこにいるのかい？」

聞こえたのは、知らない男の声だった。涼やかで、およそ場違いなほど落ち着いた

――。

「います！　よかったら助けてください」

「じゃあ、少し離れてて」

舐《な》めるように燃え広がる炎のわずかな隙間を見つけて、螢那が少し後ろに下がるやいなや――。

体当たりをしたのだろう。螢那がぶつかってもびくともしなかった木戸ごと、男がなかへ飛びこんでくる。

「これを被って」

若い男だとはわかったが、炎が照らす逆光で顔はよく見えなかった。礼を言う間もなく頭から彼の衣をかけられ、つかまれた手首に引っ張られるようにして螢那は走りだした。

隣室にも広がっていた炎をくぐりぬけ、廊下から階段を駆け降りる。ようやく人心地つけたのは、一階の窓から裏庭に出られたあとだった。

「大丈夫かい？」

はあはあと息を切らして座りこむ螢那に、男が竹の水筒を差し出した。

「すみません、なんてお礼を言ったらいいか……」

彼は命の恩人である。彼が来てくれなければ間違いなく螢那は死んでいただろう。

「お礼なんかいいよ。君の父君に頼まれただけだから」

「お父様が、ですか？」

ありがたく水をいただいていた螢那が顔を上げると、そこには二十代半ばと思われる若い男の顔があった。月の細い夜だったが、燃えさかる炎に煌々《こうこう》と照らされた顔を、今度ははっきり見ることができる。

涼やかな切れ長の目をした青年だった。その昔、あまりの美しさに兵が失神しないよう仮面をつけて戦った将がいたというが、それを彷彿《ほうふつ》とさせるような容貌だ。螢那が目を瞠《みは》っていると、遠くから悲鳴が聞こえた。

「まだなかにお嬢様がいるんです！　誰か助けてぇ！」

火事を見物している人だかりのなかで、派手に騒ぐ声がする。正夫人から遣わされていた本宅の侍女のものである。

螢那を山中にある庵《いおり》から連れだし、今夜はこの宿で一泊してから都の屋敷に入ると告げていた女である。螢那の出てきた窓は宿の裏手にあったので、彼女が助かったことにまだ気づいていないらしい。

「ええと、それはちょっと白々しいのでは……？」

正夫人に命じられ、宿に火を放ったのは彼女だろうに。開かなかった扉を思い出してつぶやくと、さきほどの男に、そっとささやかれた。

「逃げるよ」

「え?」

「君の義母君が、君の命を狙っている。あの侍女と一緒に行くのは危険だよ」

なるほどそのとおりだ。現にこうして殺されかけたのだから。

螢那は疑うことなく、父に頼まれたという彼について、そっと宿の裏手から抜け出した。

背後に広がる竹藪《たけやぶ》の向こうは、細い一本道になっていた。そこには提灯《ちょうちん》を下げた馬車が一台停《と》められていて、押しこまれるようにして彼に乗せられる。

「お帰りなさいませ、侑彗《ゆうけい》様。ご無事でなによりです」

明かりの灯《とも》された馬車のなかには、螢那と同じ年頃と思われる少年がひとり座っていた。

「ここからも、空が赤くなっているのが見えました。ですから俺が行くって言いましたのに」

「まさか火を放たれるとまでは思ってなかったからね。こうして彼女を連れてこられたんだから今日はこれでよしとしよう、喬詠《きょうえい》」

侑彗と呼ばれた男がそう言いきると、少年は黙った。しかし次の瞬間、きっ、と螢那をにらみつけると、それまでとは打って変わったぞんざいな口調で彼は言う。

「汚いぞ。さっさと拭け」

「あ、どうもです」

少女のように可愛《かわい》らしい顔立ちとはうらはらに、ぶっきらぼうに手巾を突き出してくる。反射的に礼を言って頬をぬぐうと、煤《すす》で真っ黒になり、螢那は慌てて顔中を拭いた。

そうしているうちに、いつしか馬車は走りだしていた。

「ええと……」

しかし、それでも監視するような視線を向けつづける少年に、螢那は落ち着かない。

喬詠というらしい彼と、正面でにこにこと微笑《ほほえ》みながら自分を見つめてくる侑彗を見比べていると、螢那のなかで違和感のようなものが少しずつせり上がってきた。

「あのー、あなたは父に私を迎えに行くよう言われたんですよね？　正夫人の暴走を知っていたのなら、父はどうして彼女を止めなかったんでしょう」

「さあ、どうしてだろう」

「では、どうして父が、急に私を都の屋敷に呼び寄せようとしたのか知っていますか？」

「知らないこともないけれど、それってそんなに気になる？」

さきほどから、のらりくらりと回答をかわされているように思えるのは、螢那の気のせいだろうか。

「だって、いままで祖母のところに預けたきり、父はずっと私に無関心だったんですよ？　なのに、突然都の屋敷に来いだなんておかしいじゃないですか。その話がなければ正夫人だって、こんなひどいことはしなかったと思うのですが……」

彼女が螢那を排除しようとするのははじめてではない。彼女は巫女の血を引く螢那が、自分の息子や娘の将来の障害となることをなによりも怖《おそ》れているからだ。

それにしても、宿ごと焼き殺そうとするなんて、ちょっと常軌を逸しているのではないだろうか。

脱出したときの周囲の様子では、螢那のほかに建物に残っていた人はいなかったようだが、一歩間違えればほかに犠牲者が出る可能性だってあったはずなのに。

証拠を残すようなことはしないだろうが、それでも放火の疑いがかかれば彼女だって無事ではいられない。理由もなく螢那ひとりを殺すにしては、危険すぎる気がする。

「そうだね。それは僕が父君に、君との結婚を申し出たからさ。義母君は、それが面白くなかったんだろうね」

「はい……？」

螢那が目を瞬《めぼ》かせると、侑彗はさっと螢那の手を握り、熱っぽく見つめてくる。

「ひと目惚れだったんだ。君が都に住んでいるとき、乞巧節《きっこうせつ》の星祭りで――」

思いがけない言葉に螢那は一瞬目を丸くし、しかしすぐに笑いだした。

「あははは。嘘《うそ》をつくのはやめてくださいよー」

「嘘？」

「私が都で暮らしていたのなんて、すごく小さいときですよ？　それに、私にそんなこと思う人がいるわけないじゃないですか」

まわりの人が螢那をどう見ているかくらいわかっている。

長年の巫女への偏見だけではない。その家系に生まれた螢那は、幼いころから死霊が見えた。そのためなにもない空間を見て怯《おび》える彼女を、周囲のものはひどく気味悪がっていた。

母亡きあと、田舎にいる母方の祖母に預けられたのは、なにも正夫人が嫌がったせいだけではないのだ。

「まいったね、なかなか手ごわい」

あっけらかんと言った螢那に、侑彗は彼女の手を放して苦笑した。

その眼差《まなざ》しは、やはり螢那に恋心を抱いているようには見えない。そもそも初対面なのだから当然だ。

この人は、自分がまわりからどう見られているのか熟知しているようだ。この顔で甘い言葉をささやけば、相手を思いどおりにできると思っているに違いない。

「ええと、つまり、あなたがお父様に頼まれて来たというのは嘘なんですね？」

「君を助けたかったのは本当だよ」

それはそうかもしれない。そうでなければ燃えさかる炎のなかまで助けにきてはくれないだろう。下手をすれば、彼も死ぬ可能性があったのだから。だけど——。

「となると、目的はなんでしょう？」

螢那が頬に指をやって訊《たず》ねると、侑彗はまた笑った。

「君、誘拐されかかっているのに、ずいぶんのんびりしているね」

「あ、やっぱりこれ誘拐なんですね」

「大丈夫、ひどいことはしないよ。ただ君に、ちょっと頼みがあっただけなんだ」

「頼み、ですか」

「そう、巫女である君にね」

そういうことかと、ようやく螢那は合点がいった。

迫害されながらも、巫女が現代まで血脈を遺《のこ》しつづけてきたのは、呪い——つまり「のろい」とも「まじない」とも言われる不可思議な力を求める人がいるからだ。

しかし——。

「ええと、悪いんですが、あなたの期待には応えられないと思います」

「どういうことだい？　まだなにも話していないのに」

「嘘をつくのは嫌いなので、はっきり言ってしまいますが、巷《ちまた》で言われている巫女の力というのは、実はイカサマなんです」

『どうしてこんな簡単なことができないんだろうね。なんて出来損ないだろう！』

祖母のそんな声が耳の奥によみがえり、螢那はきゅっと唇を引き結んだ。

「イカサマだって？」

「そうです。たしかに私は少しだけ死霊が見えますが、それだけです。というか、そもそもこの世に、呪いやまじないなんてものは存在しないんです。そういうのはみんな、人を意のままに操ったり、お金を稼いだりするために、もっともらしく神秘的に見せているだけなので」

螢那の家系も、ずっとそうやって生計を立ててきた。そして彼女は、祖母が驚くような嘘を並べて、人々からお金を巻きあげているのを見るのが、本当に嫌だったのだ。

「すみません。そういうことですので、あきらめていただいたほうがいいかと――」

「ああ、到着したようだね」

しかしガタンと馬車が止まり、それまで螢那の説明を静かに聞いていた侑彗が口を開いた。流れるような口上で降りるように言われ、螢那は反射的に従ってしまう。

「ここは……」

螢那は目を丸くした。正面に、松明《たいまつ》の掲げられたえらく大きな門がそびえていたからだ。しかも左右に延びる塀は、終わりがどこかわからないほど長く続いている。

「あなたのお屋敷ですか？　ずいぶんと大きな――」

そう言いかけてから、螢那ははっと気づいた。

これは城壁だ。つまりここは彼の屋敷でも宿でもなく、どこかの都市を取り囲んでいる壁なのだと。

「あれ、でも街には、さっきとっくに入ったような……」

螢那が首をかしげていると、おもむろに侑彗が訊ねてくる。

「君は、この国の高祖の予言を知っているかい？」

「予言、ですか？」

あまりに唐突な言葉に、螢那は眉をひそめた。

「すなわち、『琰王朝にかけられた呪いを解き、世継ぎ問題を解決できるのは巫女のみ』という、ね」

「聞いたことないです。それに言いにくいんですが、呪いと同じで、予言なんてものもみんな嘘っぱち――」

「あまり不注意なことを口にしないほうがいい。高祖の言葉を『嘘』だなんて言ったら、場所によっては斬首になるよ」

螢那は、はっとして口元を押さえる。たしかにそうだ。ここがどこかはわからないが、気をつけるに越したことはない。

しかし妙な不安に呑《の》みこまれそうになり、彼女は門に向かって歩きだした侑彗に訴えた。

「ですけど、巫女の力がイカサマというのは本当なので、そろそろ帰してもらいたいのですが……。父の屋敷には行かずに祖母の庵に戻ろうと思うので、馬車をお借りできると――」

そう言いかけたときだった。螢那は突然、首の後ろに衝撃を受けた。

驚いて振り返ると、それまで黙って後ろからついてきていた喬詠が、表情なく立っていた。そして次の瞬間、螢那の意識は一気に暗転したのである。

＊

「大人しくついてきてもらいたかったけど、これだけあっさり拒否されては仕方がないね」

取りつく島もないと、崩れ落ちた身体を支えた侑彗は苦笑した。

「巫女――神鬼の意を占うとされた、いにしえの存在……か」

かつてその存在は、神に通じることで豊穣《ほうじょう》を祈り、未来の吉兆を予知したと伝えられている。また鬼――つまり死者に通じることで、死霊を慰め、死した魂を黄泉《こうせん》へ導いたとも――。

　そしてその巫女たちは、かつては国の中枢から市井にまで広がり、国家の行く末さえ左右していたという。

「本当に、この娘にそんな力があるんですか？　この上なく普通の娘に見えますが――」

　螢那を気絶させた喬詠が、白けた眼差しで彼女を見下ろした。

「さあ？　正直、僕にもわからない。さきほど本人も言っていたからね、呪いやまじないなんてイカサマだと。でも――」

『いま、あなたの守護星は新しい命を受けて生まれ変わったのよ。あなた自身もね』

『だからもう、できるわけないだなんて、はじめから決めつけないで。あなたにはどんなことだって可能にできる力があるはずだもの――』

　目を閉じれば、幼い日、夜空に突然輝きだした紅《あか》い星が脳裏によみがえる。

　侑彗はおのれに忠実な乳兄弟の名を呼んだ。

「喬詠――」

「はい」

「僕に、天意はあると思うかい？」

「侑彗様が、ふたたび皇城へお戻りになる。それを天意と言わずとして、なんと言うのでしょう」

きっぱりとしたその言葉に、侑彗は南の空へと視線を向けた。

そこにはあのときと同じ、ひときわ大きく輝く紅い星が瞬いている。

『琰王朝にかけられた呪いを解き、世継ぎ問題を解決できるのは巫女のみ』

高祖の遺した予言は、はたしてどのような意味を持つのだろうか。

そして侑彗は自問する。

その呪いとやらを解き、おのれは皇位を手にすることができるのだろうか、と――。

第一章　ちょっと死霊が見えるだけの普通の人間です

後宮にはいろいろな死霊がいる。

『私はなにも盗《と》ってません！　娘娘《ニャンニャン》！　私じゃありません!!』

『あの女、よくも……よくも！　赦《ゆる》さぬ、ぜったいに赦さぬ……！』

『お宝を……俺のお宝を返してくれ――』

涙を流しながら叫びつづける侍女に、憤怒に髪を振り乱しながらさまようお妃《きさき》、そしてうつろな目でつぶやく宦官《かんがん》――。

その人口密度ならぬ死霊密度は、外の世界の比ではない。いたるところに死霊がいるといっても過言ではなかった。

もちろんここで生活している人間の数が、もともと多いというのもあるだろう。皇帝のお妃だけでなく、それに仕える侍女や下働きの宮女、宦官たち。合わせれば三千人近くになるというのだから。

しかしそれ以上に、この「後宮」という場所自体が、きっと人々の怨嗟《えんさ》を呼びやすく、そして未練を残して死ぬ者が多いところなのに違いない。

女たちを閉じこめ、たったひとりの男の寵《ちょう》を競わせること。

男たちを去勢し、男という範疇《はんちゅう》から逸脱させること。

どちらも歪《ゆが》んだこの後宮の象徴である。死してもなお消えぬ恨みつらみがあってもおかしくはない。

それはわかる。わかるけれども――。

「どうして私が、こんな目に遭わなくてはならないのでしょう……」

変わらぬ姿でたたずむ死霊たちを前に、今日も螢那はうらめしくつぶやいた。

なぜなら彼女は、なにも好きで後宮《こんなところ》に来たわけではないからだ。はじめて会った男に気絶させられ、気がついたらこのぶ厚い城壁のなかに閉じこめられていた。

そして螢那の行く手には、今日も死霊が鎮座している。

宮殿と宮殿を結ぶ通路の真ん中、はじめて見る宦官の死霊だった。

強い夏の陽射《ひざ》しのせいで暑くてならないはずなのに、さきほどから冷たい汗が止まらない。せめて道の端っこにいてくれればいいのに。そう思うが、他人の迷惑など死霊が考えてくれるはずもない。

「あの、すみません。ちょっとそこを退《ど》いてくださいませんかね……？」

ためらいがちに声をかける。しかし死霊は、青白い顔でぶつぶつとなにかをつぶやきつづけるだけだ。

それも仕方がない。そもそも死者とは、かならずしも会話が成立するわけではないからだ。

　死んだときに強く心に念じた思念が残っているだけの者もいれば、そのときの感情に囚《とら》われ理性を失っている者もいる。生前のような意識を保っているような死霊のほうがまれなのだ。

　この宦官も、なにか強く思い遺したことがあるのだろうか。そう思いながら螢那は宦官の声に耳をすます。すると――。

『丁……半……丁……』

「――って、死んでまで忘れられない未練が博打《ばくち》なんですか!?」

　彼が手でもてあそんでいるのが賽子《さいころ》と気づき、思わず突っこんでしまう。

「本当になんなんでしょう、この後宮ってところは……」

　げんなりとしながらも、螢那は意をけっして彼の横を通りすぎようとする。死しても博打に夢中になっているのならば、追いかけてきたりはしないだろうと。もちろんできるだけ距離を取ることは忘れずに。

「ねえ、またあの子よ」

「やだ、なにしてるのかしら」

なにもないはずの道で、宮墻《かべ》に背中をへばりつけるようにして歩く螢那は、よほどおかしな人間に見えるに違いない。通りかかった宮女たちが、振り返ってくすくすと笑っている。

しかし怖いものは怖いのだからしょうがない。螢那としては「なんとでも言ってくれ」という心境である。

「私だって、好きでこうなったんじゃないんですけどねー」

つくづく生まれた家が悪かったのだ。

いにしえの時代から、「神鬼の意を占う」とされてきた巫女――。そんな血を引いているせいで、螢那も子供のころから少しばかり死霊が見えた。とはいえそれ以外は、とくに不思議な力があるわけでもない、いたって普通の人間である。

なぜなら神に通じるとされている巫女の力が、実はすべてイカサマだからだ。

先に相手の経歴を調べて、すべて知っているかのようにふるまったり、雨が降ることがわかった上で雨乞いをし、神に祈りが通じたと吹聴《ふいちょう》したり――。

前の威《い》王朝の時代に巫女がひどく迫害されたのは、それらのイカサマがすべて露見《バレ》してしまったからだろう。

それでも螢那を引き取った祖母は、かつての巫女の栄光を取り戻したかったのか、はたまた少しばかり死霊が見える孫娘の体質に期待をしたのか、幼い彼女に徹底的にたり──。

つまり、山で首吊《くびつ》り自殺をした死霊と同調させるためにその木にくくりつけたり、山崩れで亡くなった人々と対話させるために崩落事故、現場となった洞窟に閉じこめ

（なかでもあれは酷《ひど》かったですねえ）

いまでも思い出すだけで、螢那の眼差しは遠くなる。

ある日祖母は、古い時代から滑落死が絶えない滝つぼに、突然螢那を突き落としたのだ。

上から激しく押さえつけてくる滝の水流と、足をつかみ下へと引きずりこもうとする無数の手に、螢那はパニックになりながら命からがら逃げたのである。

（あんなことばっかりされるから、私は死霊が怖くてならない人間になってしまったんですよー）

理不尽な巫女教育で対面させられた、何体もの死霊たちとの記憶。それらを思うと、いまでも肌がぞわぞわと粟立つ。

それでもどうにか博打をする死霊の脇を通りぬけ、螢那はほっと息をついた。すると立ち話をしている宮女たちの平和な噂話《うわさばなし》が耳に届いてくる。

尚服局《しょうふくきょく》の女官がとある妃嬪《ひひん》に懸想して後宮を追放になったとか、尚功局《しょうこうきょく》の宮女が宦

官に二股をかけて修羅場になったとか。

そんな話でも、後宮生活の無聊《ぶりょう》をなぐさめられるのだろう。日常が戻ってきたようでほっとしていると、彼女たちのひとりが急に声をひそめた。

「そういえば知ってる？　半年くらい前に尚寝局《しょうしんきょく》の倉庫が燃えて、宮女がひとり死んだでしょう？　あのとき実は、紫色の炎に倉庫が包まれていたんですって！」

「ええ!?　その直前に亡くなった侶賢妃《りょけんぴ》様の呪いじゃないかって、さんざん騒がれていたやつでしょ？」

「そうそう！　見た人は、呪いが怖くて最近までずっと黙ってたんですって！　だって、紫色っていったら、ほら華妃《かひ》娘娘の……」

「じゃあ、その子を呪い殺したのは侶賢妃様じゃなくて、華妃娘娘なの!?」

この後宮には、いったいいくつ呪いがあるのだろう。

ちょっと小耳に挟んだだけでも、侶賢妃様と華妃娘娘というおふたりがこの後宮を呪っているということになる。呪われるにしても、ずいぶんと忙しすぎるのではないか。

そんなことを考えていると、侍女たちのひとりが神妙な顔でささやいた。

「……ねえ。陛下に皇子がお生まれにならないのは、やっぱり華妃娘娘の呪いのせいなんでしょ？　そもそも侶賢妃様が殺されたのだって、娘娘の呪いが関係して――」

いいかげんにしてほしい――。

そう思ったときには、螢那はもうつぶやいてしまっていた。

「呪いなんて、あるはずないのに……」

紫色の炎など、不思議でもなんでもない。そうやってなんでも呪いに結びつける人がいるから、螢那は後宮《こんなところ》に連れてこられてしまったのだと。

「なんですって？」

しかしふいに聞こえた低い声に、螢那ははっと我に返った。急いで口を押さえても、時すでに遅し。いっせいに自分に向けられた眼差しに、螢那は慌てた。

「あんた、どこの侍女よ？」

「え、いえ。私は侍女じゃなくて、太卜署《たいぼくしょ》の女官でして……」

太卜署というのは、卜占《ぼくせん》を取り仕切る官署なのだという。そこに所属する女官というのが、螢那を後宮《ここ》に入れた人物が彼女にあてがった身分である。

「あんたの所属なんて、どうでもいいわよ！」

どこの侍女かと訊《き》いたのは自分たちのくせに、答えたら怒鳴るなんて、なんて理不尽なのだろう。

「あんた、私たちがでまかせを言ってるって馬鹿にしてるわけ？」

「じゃああんた、どうしてこの後宮にひとりも皇子がいらっしゃらないと思ってんのよ？　皇太子様が若くして亡くなられたのも、全部偶然だって言うの？」

「これだけ不幸が続いているっていうのに、これが呪いじゃないならなんなのか、言ってみなさいよ！」

「いや、言ってみろと言われましても……。ただ、紫の炎というのはたんなる自然現象――」

食ってかかってくる三人に、螢那がそう口ごもったときだった。

「水路に誰か浮いてるぞ！」

「引き揚げろ！」

「きゃあああああ！」

通路の前方で聞こえた宦官たちの声に引き続いて、宮女たちの悲鳴が響いた。

「死んでるわ！」

「また人が死んだの？　華妃娘娘の呪いよ！」

「騒がないで！　静かになさい！」

あたりはとたんに蜂の巣をつついたような騒ぎになった。年嵩《としかさ》の女官が宮女たちを叱責するものの、効果はなかった。

さきほどまで螢那にからんでいた三人娘も、驚いた様子で固まっている。その隙にと、螢那は逃げまどう宮女たちに逆行しながら、引き揚げられた遺体に近づいた。もちろん近くに死霊がいないことは確認したうえで。

「あんた、知っている宦官かい？　惨《むご》いから離れていたほうが」

「たぶん知らない人ですけど、水死体は見慣れているので大丈夫です」

「は？」

かつて祖母は螢那を立派な巫女にするために、さまざまな死者と対面させた。そのなかでも水死体は、そこそこありふれた《ポピュラーな》ものだったのだ。

「んんっ、と」

死体とは、つまり少し前まで生きていた身体である。死霊に比べれば怖くもなんともない。

唖然《あぜん》としている老宦官にかまわず、螢那は力を入れて遺体を仰向《あおむ》けにする。遺体の顔があらわになって、またもやどこかで悲鳴が上がった。

「ええと、まだあまり時間は経《た》ってないみたいですね」

長く水中にあると遺体は水を含んで膨張するものだが、この遺体はまだそこまでではない。ということは、水路に落ちてからそれほど長い時間は経っていないということだ。

「うーん、お腹《なか》もあまりふくらんでいませんし、腕にも傷がない。顔色も赤というよりは、青白いですかね……。それから、口のなかは――」

遺体の腹部を押し、袖をまくる。そのあと歯茎を確認するため、口を開かせようとしたときだった。

「い、いやいやいや！　待ちなよ。担当の掖庭《えきてい》官が来るまで動かしちゃならん」

平然と遺体を観察する螢那に、老宦官がぎょっとした顔で彼女を遺体から引きはがそうとする。

「なにするんですか！　ちゃんと見せてくださいよ」

「ちゃんとって、あんた……。これ、よさないか！」

筵《むしろ》をかけられそうになるのを阻むと、螢那は老宦官に羽交い締めにされてしまう。

それを振りほどこうとして、螢那はもがいた。

「だって、この人の死霊があとで出てきたら怖いじゃないですか！　未練とか亡くなった状況とかがわかれば、それを回避する手がかりになるかもしれないんです！」

わけがわからないといった表情を浮かべる宦官に、螢那はさらに声を張りあげた。

「私にとっては死活問題なんですよ――――！」

第二章　誘拐犯に口説かれましても

「あらあら、今日もそんなにたくさんの死霊を見たの？」

「そうなんですよ、淑妃《しゆくひ》様ー」

いたわるように声をかけてくれる三十代後半の女性に、螢那は泣きつくようにして訴えた。

「怖かったんですよー！　本当になんなんですか後宮《ここ》？　死霊ばっかりだし、今日は死体も揚がったし……」

うっうっと涙を流す螢那の頭を、よしよしとなでてくれるのは、今上皇帝の淑妃――翠蓮《すいれん》である。

名家の生まれだが皇帝との間に子はおらず、それもあってか年齢よりも若々しい雰囲気の女性だ。

死霊が見えるという螢那を気味悪がらずに受け入れてくれる数少ない人で、気さくなだけでなく、さっぱりとした性格をしている。後宮に来たばかりのころ、螢那がひょんなことから彼女の貧血に気づき、それをきっかけに可愛がってもらうようになったのだ。

「まあ、とりあえずお菓子でもお食べなさいな。甘いものを食べれば元気になるわよ」

「あ、ほんとだ。美味《おい》しいです、この紅棗餅《なつめもち》！」

この死霊だらけの後宮でも、唯一すばらしいと断言できるのは、食べ物が美味しいことである。勧められるまま、うるち米に紅棗を煉《ね》りこんだ菓子を頬張る。蒸しあげたあとに冷やした食感がたまらないと、螢那はあっという間に機嫌を直した。

しかし――。

「なるほど。死霊が見えるっていうのも、大変なものなんだね」

淑妃の隣に座っていた男が口を開いたとたん、螢那の機嫌はふたたび一気に下降した。

「なに他人事《ひとごと》みたいに言ってるんですか？　私がこんな目に遭っているのは、誰のせいだと？」

螢那は恨みをこめて声の主をにらみつける。しかしその男――侑彗は、その程度ではわずかな痛痒《つうよう》さえ感じないらしい。

「うーん、高祖かな？」

「あ、ん、た、ですよ！」

『琰王朝にかけられた呪いを解き、世継ぎ問題を解決できるのは巫女のみ』

高祖が遺したというそんなインチキ予言を真に受けて、螢那を後宮へと拉致してきたのは、この侑彗なのだ。なのに、なにをしゃあしゃあと他人事のような顔をしているのか。

しかし思わず声を荒らげたあと、螢那ははっと我に返って口を押さえた。

いけない。こう見えてこの凶悪な拉致犯は、この国の皇太子——つまり次代の皇帝陛下だったのだ。下手な口をきいたら、斬首になりかねない。

「あはは、いいよそのままで。普段はおっとりしているはずの君が、厳しい言葉で罵るのは僕にだけだと思ったら、この上なくそそられるからね」

変態か。

螢那は心のなかで突っこんだ。そもそも、せっかく淑妃のところで羽を伸ばそうと遊びに来たのに、なぜ彼までこの玄冥殿《げんめいでん》にいるのか。そう思うと、螢那は腹立たしくてならない。

「痴話げんかだなんて、あいかわらず仲がいいわねえ。嫉妬しちゃうわ」

「いや、淑妃様。いまのちゃんと見てくれてました？」

どこをどうしたら、これが痴話げんかに見えるのか。本当に謎だと、螢那は顔をひきつらせる。

しかし螢那とはうらはらに、侑彗はにっこりと笑みを浮かべた。そしてすっかり恋する男の表情で、せつせつと淑妃に訴えるのだ。

「恐縮です。でも辛《つら》いことに、彼女はなかなか僕の愛を受け入れてくれないんですよ」

あいかわらず、息を吐くように嘘をつく男である。

しかも始末に負えないことに、この男の嘘を誰もが信じてしまうのだ。

「まあ、あなたに一躍妃に封《ほう》じてもらうのではなくて、女官からはじめたいだなんて、なかなかしっかりしたお嬢さんじゃなくて？　贅沢《ぜいたく》しか知らない甘やかされた子たちに、爪の垢《あか》でも煎じて飲ませたいくらいだわ」

聡明《そうめい》なはずの淑妃も、すっかりこの侑彗に丸めこまれている。

いつの間にか彼女の頭では、侑彗が市井でひと目惚れした女性を妃に迎えようとしたことになっているらしい。そして螢那は、身分の違いからそれを固辞し、一女官として後宮での地歩を築いていきたいと考える、堅実な娘ということになっている。

淑妃の思考も、意外と乙女である。

「僕としては、そんなことより、はやく僕の気持ちを受けとめてもらいたいのですけどね。でもまあ、彼女の気持ちを尊重しますよ」

「まあ、うふふ。ごちそうさまだわ」

いったい誰の話をしているのか。

しかしこの侑彗は、螢那がなにを言っても、いつもすべてうまい具合にひっくり返してしまう。そのせいで螢那は、いまになっても淑妃の誤解を解くことができないでいたのだ。

「ええとですね、淑妃様。前にもお話ししましたけど――」

侑彗は、ありもしない巫女の力を期待して、螢那を利用したいだけなのだ。

この日もそれを訴えようとしたのだが――。

「そういえば、淑妃。今日はお顔の色がよいですね。体調がすっかりよくなられたようで、安心しました」

やはり侑彗は、流れるような口上で螢那を遮り、さりげなく会話をそらしてしまう。

「ああ、そうなのよ。螢那の薦めで鴨血《かもち》を食べるようになってから、これまでの不調が嘘のように身体が楽になってね」

「鴨血、ですか?」

「ええと、鴨の血を固めて作られる、豆腐のような食べ物です。貧血によく効くんですよ」

侑彗には聞きなれない言葉だったようだ。庶民の食べ物なので、彼らが食べる上等な料理にはあまり使われないのだろうと、螢那は説明した。そうして、「ちなみに私の大好物ですー」などと話しているうちに、いつものように淑妃の勘違いを正すのを忘れてしまうのだった。

「すごいわよね。螢那は私の爪をひと目見ただけで貧血に気づいて、最適の食べ物を差し入れてくれたのよ」

「ていうか、淑妃様は典型的な匙状爪甲《スプーンネイル》……爪が反り返っていたので、わかっただけです。ちゃんと薬師に診せられていたら、すぐに診断がついていたと思いますよ」

実はこの玄冥殿は、罪を犯した妃嬪を軟禁するための冷宮だ。

淑妃はあらぬ罪で、半年前からここに入れられているという。二カ月ほど前に皇太子となった侑彗の力で、いまはだいぶ待遇が改善されているというが、当時は体調不良を感じてもすぐに薬師に診せられる状況ではなかったのだ。

螢那が鴨血を薦めたのは、貧血の薬を処方してもらえないなか、廉価で宮女たちの食堂ではよく出されているそれならば、差し入れるのが容易だったからだ。

少しだけ生臭いところを苦手とする人もいるが、火鍋にでも入れればそれも気にならず、ぷるぷるとした独特の食感を楽しめる。

螢那の好物を淑妃も気に入ったようで、薬が手に入るようになったいまでも、よく食しているらしい。

「でもね、螢那。薬師に診てもらえるようになってから、たしかに貧血は指摘されたわよ？　だけど薬師は、あなたのように貧血の原因が井戸水だとはわからなかったみたい」

「へえ、井戸水？　淑妃はそれで貧血になったのかい？　どうしてそれが原因ってわかったの？」

目を丸くする侑彗に、螢那は説明した。そこまで複雑な話ではないと。

「どうしてって……、淑妃様だけじゃなくて、まわりの侍女や下働きの方々にまで、頭痛とか難聴とか、手足のしびれとかが流行《はや》ってるって聞いたからですよ。それにこの玄冥殿は、昔は道観《どうかん》として使われていたっていいますから——」

「道観だって？」

はるか昔のことだ。琰王朝がまだ建ったばかりのころ、この皇城が使われはじめたときの話である。

「そうです。道観の道士たちは、不老不死の研究のために鉛白とか辰砂《しんしゃ》とかを使うことがあって、同じような症状に苦しむことが多いんです」

淑妃たちの症状は、道士たちが火毒と呼んで怖れる金属中毒の症状とほぼ同じだったのだと、螢那は言った。

「それで、ここの井戸水が金属汚染されていると思ったのかい？」

「そういうことです。それにこの玄冥殿の庭って、雑草の種類が少ないでしょう？　生えているのはみんな、オオバコとか雌日芝《めひしば》とかだけで。そういう痩せた土壌って、より金属を溶かしやすいんですよねー」

「――私、螢那には感謝しているの」

ふたたび紅棗餅を頬張りながら説明を続ける螢那に、唐突に淑妃は言った。

「貧血が治っただけじゃないの。もともと暮らしていた苑羅宮《えんらきゅう》から玄冥殿に移ってきたとたん、私もまわりのみんなも原因不明の病で倒れていったでしょう？　私が侶賢妃を殺したから呪いを受けたんだって、あのときは後宮中で噂になってたのよ」

淑妃は、口惜しげな表情を浮かべた。

そもそも皇帝陛下の四夫人のひとりである彼女が冷宮に入れられたのは、彼女と同じ四夫人にあたる侶賢妃が殺害され、首を斬られた無惨な姿で発見されたことがきっかけだった。

凄惨な事件に後宮中が騒然とするなか、犯人として捕らえられたのが、秋琴《しゅうきん》という淑妃の侍女だったのだ。彼女の部屋から、侶賢妃の生首が見つかったからである。

もちろん、秋琴の主である淑妃は、なにかの間違いだと否定した。しかし逆に淑妃が敵手《ライバル》である賢妃を害しようと、おのれの侍女を使ったと決めつけられてしまったという。

証拠はないため淑妃はこの玄冥殿への軟禁ですんだが、一歩間違えれば彼女も死罪となっていたに違いない。

彼女の周囲で原因不明の体調不良者が続出したのは、そんな最中《さなか》だった。そのため、口さがない者がいっせいに「侶賢妃の呪い」だと騒ぎたてたのだという。

「でも、みんな元気になったおかげで、まわりの私たちに向ける目も変わってきたの。本当にありがとう、螢那」

「いえ、たんに井戸水が汚染されていたのに気づいただけですから」

そんな立派なものではない。そう首を振った螢那だったが——。

いつの間にか侑彗が螢那の手を握り、きらきらとした目で見つめてくる。

「すごいよ、螢那！」

「疫神を退ける巫女は、古い時代には巫医《ふい》と呼ばれていたって聞いたことがあるけど、本当に淑妃たちの病を治して、玄冥殿にかけられていた呪いを解くなんて！　さすがは僕の螢那だよ」

「いやいやいや！　あなたのものではありませんから！」

彼の手を振り払い、螢那は力いっぱい否定する。本当に油断も隙もない人である。

「それからこれは呪いでも、疫神の仕業でもないです。何度も言いますけど、ただの水質汚染!!」

かつての巫女ならば、「神への祈りが通じた」とでも吹聴するのかもしれないが、相手を騙《だま》すのが嫌いな螢那は正直に言う。

「いいや。君はいつもそうやって巫女の力はイカサマだって言うけれど、淑妃たちの病を治すなんて、古代の巫女そのものじゃないか」

「違いますー」

巫女の血を引くというだけで嫌われるのに慣れていて、こうした反応にはどう対処していいかわからない。

「でもね、螢那――」

侑彗の都合のいい勘違いを正そうと螢那が力いっぱい否定していると、淑妃が口を挟んだ。

「あなたはいつもそう謙遜するけれど、私、あなたならあの子を助けてあげられると思うのよ」

「あの子？」

「私の侍女なんだけど……冬薇《とうび》、入ってらっしゃい」

淑妃の呼びかけに扉が開き、入室してきたのは螢那よりも少し年上、二十代前半と思われる女性だった。

すらりとしていて、大人びた顔立ちの娘である。しかしその顔色は青白く、目の下には隈《くま》があって、どこかやつれて見えた。

「助けてください！　私、呪われているんです！」

冬薇は、淑妃に促されてうつむいていた顔を上げると、開口一番そう叫んだのだった。

第三章　妃か解呪か、はたまた時間稼ぎか

『僕の妃になるのと、琰王朝にかけられた呪いを解くのと、どっちがいい？』

火事の現場から拉致されたあと、皇城の東宮――皇太子の居処で目覚めた螢那に突きつけられたのは、そんなふざけた選択だった。

『と言われましても……。昨夜もお話ししましたが、ありもしない呪いを解くなんて芸当、私にはさっぱり無理でして――』

いままで見たこともないような豪華な部屋に視線をさまよわせつつ螢那が口ごもると、皇太子―侑彗は笑みを浮かべて言ったのだ。

『じゃあ妃だね――』

『呪いを解くほうでお願いします!!』

突然のことに、螢那は全力でそう叫ぶしかなかった。後宮がこうも死霊だらけだと知るよしもなく。

「いやいや、たとえそれを知っていたとしても、誘拐犯のお妃なんて冗談じゃないで

すけどね」

まずは一緒に来てほしいと言った冬薇の後ろを歩きながら、螢那は二カ月前のことを思い出してつぶやいた。

強い太陽の下、ちらりと斜め前へ視線を向けると、あいかわらず憎たらしいくらい端整な顔立ちの侑彗がいる。これで誘拐犯だなんて、そちらのほうが詐欺ではないだろうか。

「なに？」

「いえ、べつに」

視線に気づかれたのか急に振り返られ、螢那は首を振った。

「僕の色男ぶりに見惚《みと》れてた？」

「……どうしてそういう発想になるんでしょう？」

螢那は心の底から不思議に思う。いったいどんな育ち方をすれば、こんな前向きな《ポジティブ》思考を持つことができるのかと。

「あいかわらず君はつれないな」

「嘘をつくのは嫌いなので」

それは螢那の本心だった。

それは子供のころ、まじないや祈禱《きとう》をして生計を立てていた巫女の母が、無惨に殺

そう言いかけて、螢那はぎりぎり飲みこんだ。どうせこの男は、なにを言っても自分の好きにするのだから、勝手にすればいい。

「この部屋です」

ちょうどかけられた冬薇の声に、螢那ははっと我に返った。

彼女が立ち止まったのは、いまは閉鎖されている苑羅宮の、侍女たちの私室が並ぶ一角だった。ここを居処としていた淑妃が冷宮に入れられたあとは、片づけられてどこもがらんとしている。

「私はここで、秋琴と同室だったんです。そう、あの日まで――」

「秋琴？」

どこかで聞いた名前だと、螢那が首をかしげたときだった。

わずかに音を立てて開いた扉の向こうに、死霊が見えた。ぶつぶつとなにかをつぶやくその手には、なぜか頭蓋骨が抱えられている。

そしてその顔が、ゆっくりとこちらを向き――。

「うっ、ぎゃあああ！」

予想もしていなかった死霊の存在に、螢那は叫び声を上げた。そして目が合う前に、一目散に逃げだしたのだった。

＊

「螢那！」

苑羅宮の外まで追いかけてきた侑彗が、螢那の腕を取った。ようやく我に返り、螢那は詰めていた息を盛大に吐きだした。

「怖かったですよ――！」

「ええと、死霊がいたのかい？」

「いました！　いましたよ！　女性の死霊が!!　なんだかわからないけど、頭蓋骨を抱えていてですね――」

その光景が脳裏によみがえり、どっと汗が噴き出してくる。押し寄せてきた恐怖をどうにかしたくて、目にしたすべてを侑彗にぶちまけようとする。

「待って！」

ハアハアと肩で息をした冬薇が、ふたりに追いついた。そして彼女は切羽つまった目で螢那を見つめた。

「やっぱりいたのね？　秋琴の幽鬼が……！」

「やっぱり？」

ということは、冬薇はすべてわかっていて螢那たちをあの部屋へ連れていったのだろうか。うらめしく思いかけた螢那だったが、次の瞬間冬薇の目から大粒の涙がぼろぼろとこぼれた。

「ああ！　やっぱり秋琴は私を恨んでいるのよ……！」

それまでの落ち着いた侍女の姿はなりを潜め、彼女は盛大に泣きだしてしまう。皇太子である侑彗の存在も忘れているようだ。

「あの、大丈夫ですか？　泣かないで」

状況が呑みこめずに螢那がおろおろとすると、侑彗が「とりあえずあそこに座ろう」と、近くの四阿《あずまや》へふたりを連れていった。

「あの、最初から話してもらえますか？　淑妃様には、ただ『あなたの話を聞いてやって』としか言われてないので……」

「わ、私が、秋琴を殺してしまったの……！　私が余計なことを言ってしまったから！」

「余計なこと？」

「侶賢妃様の生首があの部屋で見つかったとき、私、捜査している掖庭官に言ってしまったの。秋琴は、以前から部屋に、誰のかわからない頭蓋骨を隠し持ってるって……！」

螢那は腑《ふ》に落ちた。どこかで聞いたとは思っていたが、秋琴とは侶賢妃を殺したとされた淑妃の侍女の名前だ。

たしかに螢那が見た死霊も、頭蓋骨を抱えていた。ではあれは、侶賢妃を殺したという秋琴の死霊なのだろうか。

「秋琴は……頭蓋骨を持っていることをまわりに隠していたけれど、同室だったから、私は知ってたの。気づいているって秋琴に言ったことはなかったけれど、私本当はずっと気味が悪くて……！　それであのとき、慌ててそのことを話してしまったのよ！」

部屋で侶賢妃の生首が見つかっただけでも、犯人と疑われるのに充分だ。そのうえ秋琴は、冬薇のその言により、頭蓋骨に執着する殺人鬼だと掖庭官に決めつけられてしまったのだという。

「なるほど、自分の部屋に侶賢妃の生首があったから、自分が疑われないようにそう報告したんだね」

侑彗の言葉に、冬薇はびくりと肩を震わせた。

そうか。ふたりは同室なのだから、部屋で生首が見つかって犯人と疑われる確率は五分五分だ。しかし冬薇の言葉によって秋琴に疑いが集中し、結局彼女は犯人として斬首されてしまったということらしい。

「ええと、わざわざそういう言い方をしなくてもいいと思いますが……」

　螢那は侑彗を非難するように見上げた。

　自分が犯人として捕らえられるかもしれない瀬戸際で、パニックになるのは仕方がない。そう責めずともいいのではと思ったが、冬薇は大袈裟《おおげさ》なほどぶるぶると頭《かぶり》を振った。

「ううん、そのとおりなの。私は卑怯《ひきょう》で、ずるくて、意気地がなくて、正義感のかけらもないだけじゃなく、秋琴に罪をなすりつけてのうのうと生き残ったクズ野郎なのよ……！」

「いや、なにもそこまで……」

　どんどんと自分を責める言葉を激しくさせていく冬薇を、螢那は押しとどめた。

「だって、あなたは見たものを報告しただけなんですよね？　一番悪いのは、よく調べもせずに秋琴さんを犯人にした掖庭官だと思うのですが――」

「でも、私がなにも言わなかったら、秋琴は犯人にされなかったかもしれない。斬首されるまで秋琴は、ずっと『私じゃない』って叫んでて……」

「それはどうでしょう？　その証言がなくても、部屋から侶賢妃様の首が見つかったのは事実ですし、家捜しされれば、いずれその頭蓋骨は掖庭官に見つかっていたのでは？」

「でも私、あれからずっと悪夢を見るの。夢のなかで秋琴は、『なぜ話したの?』って私を責めるのよ! 彼女は私を恨んでいるんだわ!」

なるほど、と螢那は状況を理解した。

冬薇は秋琴を冤罪《えんざい》で死に追いやってしまったという自責の念にとらわれ、自縄自縛に陥っているのだ。

彼女のために、どうしてやればいいかはすぐにわかる。だけどそれは、螢那にとって一番嫌いな行為で——。

「わあああ!」

しかし螢那がためらっているうちに、冬薇はなおも嘆きつづける。

その姿に、螢那は思わず言ってしまう。

「い、いませんでしたよ!?」

「え?」

「私が逃げてしまったのは、あそこに巨大な蜘蛛《くも》がいたからです! アシダカグモと言って、手のひらより大きい蜘蛛です。人がいなくなって住みついちゃったんでしょうねー」

慣れない嘘に、つい饒舌《じょうぜつ》になってしまう。

そのせいか冬薇が「ええと……」と戸惑った声をもらしたので、螢那はたたみかけるようにもう一度言った。

「あそこに死霊なんて、いませんでした！」

第四章　毒のお酒にご注意を

「ちょっと暗示をかけただけですよ」

数日後、冬薇のことを淑妃に訊ねられた螢那は、冷えた蜜瓜《メロン》を齧《かじ》りながら先日のことを彼女に説明した。

「え、あれ暗示だったのかい？」

すると例のごとく、同じように淑妃のもとに茶を飲みに来ていた侑彗が目を丸くする。

というか最近は、螢那が玄冥殿に遊びに来ると、たいてい侑彗もここで羽を伸ばしている。皇太子とはもっと忙しい存在かと思っていたが、意外と暇なのだろうか。

「そうです。彼女は秋琴さんに恨まれてるって思いこんでいて、その罪悪感から夜眠れずに体調を崩していたようなんです。だから秋琴さんの死霊なんていない、恨まれてなんてないって信じこませたんですよ」

簡単なものだが、しかしその程度の暗示が効くこともある。

螢那の狙いどおり、秋琴に呪われているわけではないと思った冬薇は、あれから少しずつ本来の明るさを取り戻しているらしい。悪夢を見なくなったことで夜眠れるようになり、だいぶ顔色もよくなったという。

「助かったわ、螢那。冬薇のことは、私ずっと心配していたの」

「っていうか、淑妃様。冬薇から死霊が出ると聞いていて、あそこに私を行かせたんですよね？」

螢那がうらめしげな視線を送ると、淑妃はばつが悪そうな顔になった。

「だって、はじめから話していたら、行ってくれなかったでしょう？」

それはそうだ。

しかし淑妃も悪いとは思っているらしい。今日いつもより茶菓子が多いのは、罪滅ぼしということか。

「正直、冬薇の気のせいだったらと願っていたのだけれど、やっぱり秋琴の死霊はいたのね」

「ばっちりいましたよ！」

頭蓋骨を抱いて「私じゃない」とつぶやきつづける死霊が。

思い出してしまい背筋がぞっとした螢那は、皿に載っていた緑豆のらくがんを口に放りこんだ。しっとりとしたやさしい甘みが、どうにか彼女を癒やしてくれる。

「ありがとうね、螢那。そのことを冬薔に言わないでくれて」

「いえ。秋琴さんの死霊は、冤罪を嘆いてはいましたけど、冬薔を恨んでいるわけではなさそうでしたので」

しかしそのために、螢那はとっさに嘘をついてしまった——。

仕方がない状況だったとは思うが、母の最期を思い出すと、どうしてもどんよりとした気持ちになってしまう。

『片恋相手も実はあなたのことを思っているの』

『引っ越しをするなら南の方角がいいわ』

『将来役人の道に進めば大成するはずよ』——。

母はみな、相手のためを思って、そんな言葉を口にしていたのだろう。

そもそも母は、巫女である自分には神秘的な力が宿っていると、普段から周囲に思いこませていた。そのほうが、まじないや暗示がうまくいくからと。

しかしそんなひとつひとつの小さな嘘が、いつしか大きなうねりとなって取り返しのつかない事態を招いた。その記憶がある以上、ついてしまったわずかな嘘でさえ、螢那は恐怖を覚えてしまうのだ。

「冤罪……。そうよね、秋琴は冤罪よね」

落ちこんでいる螢那をよそに、淑妃は視線を落としてつぶやいた。無実を訴えながら斬首されたのは、自分の侍女だった娘だ。いろいろと思うところがあるに違いない。

「そう思います。でなければ、死んでまで『私じゃない』なんて言っていないでしょうから」

たぶん冬薇は、少しではあるが死霊の存在を感じとれる人なのだろう。それでたまたま秋琴の声を拾ってしまい、彼女への罪悪感とあいまって、悪夢を見るようになったのだ。

「暗示だけではなく、汚染された井戸水も飲まなくなってしばらく経ちますし、冬薇の悪夢はこのまま落ち着いていくとは思いますけど」

「え？　悪夢も金属中毒に関係するのかい？」

侑彗が驚いたように訊ねた。

「ごく少量の金属を服用させて悪夢を見させ、相手を自分の意のままに操るという手法を祖母から教わったことがあります。効果のほどはわかりませんが」

祖母の、例の英才《スパルタ》巫女教育の一環としてだ。

巫女は、いにしえの時代からさまざまな術を駆使して、人々に呪いやまじないに力があるように見せかけてきた。そのうちのひとつに、そんな教えがあったのだ。

祖母に問われたときに答えられないと死霊のいる物置きに閉じこめられるので、そういった知識も螢那は必死になって覚えたものだ。

「だけど、秋琴が侶賢妃を殺したのでないなら、犯人だと決定づけられる理由になった頭蓋骨は、どうして彼女の部屋にあったのかしら」

「頭蓋骨は……、たぶん秋琴さんにとって大切な人のもので、故郷に連れて帰ってあげたかったのではないかと……」

「どういうことだい？」

「秋琴さんは、東北の生まれだったんじゃないですか？」

「そうよ、たしかにそう！」

螢那が淑妃に視線を向けると、彼女は大きくうなずいた。

「人が亡くなると、死者の魂の依代《よりしろ》として位牌《いはい》を置くでしょう？　あれは威王朝の時代のはじめに、死者の頭蓋骨を被って先祖の魂を子孫に依《よ》りつかせようとしていた風習の名残なんです」

かつてこの国で祭祀《さいし》を司《つかさど》っていたのは、神鬼の意を占うとされた「巫」と呼ばれる女性たちだった。

しかし五百年前に建った威王朝は、それら巫女を追放して、その代わりに「儒《じゅ》」と呼ばれる者たちを重用した。彼らは巫覡《ふげき》の一派ではあったが、独自の祖霊崇拝の考えを持っていて、とくに頭蓋骨を神聖視していたという。

「つまり、その時代は死者の頭蓋骨をお墓に入れるのではなく、身近に置いておくのが普通だったということかしら？」

　淑妃の問いに螢那はうなずいた。頭蓋骨を祀る習慣は後に廃《すた》れていったが、死者の魂の拠《よ》り所としての位牌は残ったのだと。

「東北の一部では、まだそういった原始的な儒の教えが強く残っていると聞いたことがありますので、秋琴もそうだったんじゃないですかね」

　二十五歳まで勤めあげた宮女は、本人の希望があれば後宮を辞して故郷に戻ることが可能だという。もし秋琴が、その頭蓋骨の人物を郷里で供養したいと考えていたならば、それほどおかしな話ではない。

「だけどそのせいで、殺人鬼と決めつけられて斬首されてしまったのなら、この上なく悲劇ですけれども……」

　螢那の言葉に、しんみりとした空気が流れた。

「……秋琴の死霊は、ずっとそのままなのかしら。お祓《はら》い……というか、彼女を安らかに眠らせてあげることはできないの？」

「いや、私はそういうのはできなくて……」

　死霊が見えるといっても、本当に「ただ見えるだけ」なのだ。あの祖母の理不尽な巫女教育でも、そんな力は身につかなかった。

「冤罪で斬首されただけでも憐れなのに、黄泉にも行けず、これからもあの部屋をひとりでさまよいつづけるのかと思えば、秋琴が痛ましくてならないわ」

「長い年月の間に、少しずつ存在が薄れていくとは思います。だけど……」

哀《かな》しげにため息をつく淑妃に、螢那はなにもできない自分を申し訳なく思いながら、そう告げるしかできなかった。

＊

「やっぱり君には、呪いを解く力があるんだね」

玄冥殿を出ると、少し前を歩いていた侑彗が言った。

「いや、だから冬薇のことは、簡単な暗示をかけただけですってば。それこそ子供が怪我《けが》したときに『痛いの痛いの飛んでけ〜』って言うくらいの」

「それだけじゃないよ。君は玄冥殿のみんなの病を治して、『侶賢妃の呪い』を解いてみせたじゃないか」

「ええと、だからそれも水質汚染で――」

呪いではない。そう言いかけたのだが。

「僕はね、呪いというのは、人の心が作りだすものだと思っているんだ」

螢那の言葉を遮り、侑彗は言った。

「人の心が作りだすもの？」

「人は、なにか不幸な出来事が続くと、そこに因果関係を求めるものだよ。平和な日常にどこでどんな不幸に遭遇するかわからないと怯えるよりも、呪いと思ってでも理由をつけたほうが思い悩まずにすむからね」

因果関係を求める――。

大衆が、母が疫神を招いたと考えたように？

「そんな人間の気持ちが呪いというものを生み、いつしかそれが新たな恐怖をあおる。するとその呪いはどんどん大きくなって、ますます人の心を縛っていくんじゃないかな」

侑彗は立ち止まり、螢那をじっと見つめた。

「だからね、君ならば、僕にかけられた呪いを解いてくれるんじゃないかと思ってるんだ」

「いいかげんにしてください。私にそんな力はありません」

いつものように手を握られ、螢那はため息をこぼした。自分には、迷える秋琴の魂を黄泉へ送ってやることさえできないというのに。

「死霊が少し見える以外、本当に私にはなにもできないんです。勝手に期待されても困ります！」

侑彗の言っていることはよくわからない。ただ、甘い言葉に操られ、これ以上彼にいいように使われるのはごめんである。

げんに、螢那はもう嘘をひとつついてしまった。ひとつの嘘は、次の嘘の呼び水となる。そしてそれは、大きなうねりとなってさらなる不幸を招くかもしれないのだ。

螢那の母のように――。

「ああもう、ついて来ないでくださいよ」

過去の記憶に呑みこまれそうな恐怖に、螢那は侑彗の手を振りほどく。そして彼の前から逃げだした。

はやく、はやくこの皇城から出ていき、いまはもう誰もいないあの庵で、もとの平穏な暮らしをとり戻したい。

望むのはそれだけだ。

そう思って螢那がふたつ目の角を曲がったときだった。前方の植えこみがざっと揺れたかと思うと、見知らぬ宮女がひとり、飛びだしてきた。

「あんたかい？　太卜署の女官っていうのは」

待ち伏せしていたように現れたその宮女に目を瞬かせていると、ぞんざいな口調で話しかけられる。螢那は少し面喰《めんく》らってうなずいた。

「ええと、はい。そういうことになっています、一応」

「なんだい、あいまいだね」

「といわれましても……」

「太卜署の女官」というのは、侑彗が勝手に螢那に与えた肩書だ。とくになにをしていいかもわからず普段からふらふらしているので、自覚に乏しいのは仕方がない。

「まあいいさ。あんたに頼みたいことがあって来たんだ。あたしにかけられた呪いを、解いてくれないかい？」

「また呪いですか……」

後宮《ここ》の人は、本当に呪いが好きである。

螢那がげんなりとして空を仰ぐと、瑠宇《るう》と名乗った宮女はぱっと彼女の腕をつかんだ。

「ここじゃなんだから、いっしょに来てくれよ！」

「あ、引っ張らないでくださいー」

走りだされ仕方なくついていくと、瑠宇は螢那に言った。

「あたしはいろんな宮殿に仲間がいてね、これでもけっこう情報通なんだよ。あんたのことは、一部では噂になっててさ」

「噂、ですか？」

「玄冥殿の呪いを解いたって！」

「ええ？　いや、だからあれは……」

ただの水質汚染だ。そう説明しようとしたのだが――。

「頼むよ。あたし最近、原因不明の体調不良に悩んでるんだ……。たぶん、あいつがあたしを呪っているんだよ」

「あいつ？」

「宦官の宗惟《そうい》だよ。この間、事故死した。このままじゃあたし、あいつに呪い殺されちまうかもしれないんだ」

「ええと、こう言ってはなんですが、そもそも死者が生者を呪うことなんて不可能でして――」

秋琴のこともそうだったが、もしそんなことができるのならば、殺人犯はすべて被害者の死霊に呪い殺されているはずだ。

「たとえば憎い人がいたとして、あなたは気持ちだけでその人を呪い殺すことなんてできないですよね？　生きているときにできないことは、死んだあとにだってできませんよ」

「じゃあ、この痛みや苦しさはなんだってんだよ！　あたしの気のせいだっていうのか？」

怒りだした瑠宇に、螢那は困りはてた。

「ええと、体調不良と言ってましたが、具体的にはどんな？」

「腹痛と……ひどいときには何度も吐いちまうんだ……。この間なんか、意識が朦朧《もうろう》として身体が引きつけまで起こしてさ……。こんなことははじめてなんだよ。本当に死ぬかと思ったよ」

よほど怖かったのか、瑠宇は弱りきった声で訴える。

程度はともかく、ただの体調不良に聞こえる。しかし本人には、なにか気になることでもあるのだろうか。そう思っているうちに、螢那は瑠宇の部屋へと連れてこられてしまう。

「ここならゆっくり話せるだろ。あたし、いまはひとり部屋だしね」

そこは皇后宮の片隅にある宮女用の棟の一室だった。彼女は皇后に仕える女官の下で、おもに雑用をしているらしい。しかしその女官は老齢でお務めから遠ざかっているため、彼女に仕える宮女も少なくなり、いまは瑠宇ひとりでこの部屋を使っているそうだ。

「ではお訊きしますけど、なにか変なものとか食べたりしてないんですか？」

「思い当たるものはないよ。だいたい食堂でみんなと同じものを食べてるのに、あたしだけ腹を壊すなんてありえないだろ！」

そうですか、とうなずきながら、螢那は乱雑に散らかった部屋のなかを見まわした。粗末とはいえ寝台のほかに棚や卓子《テーブル》もあり、筆から硯《すずり》までひととおり揃《そろ》っている。下働きというわりには、生活は整っているようだ。

「うーん。ところで、どうしてあなたは自分が呪われてると思ったんですか？」

螢那が訊ねると、瑠宇はきょとんとした顔になった。

「え？」

「だって、お腹を壊したら、普通は薬房に行くでしょう？　呪いなんて、まず考えないと思うんですけど」

冬薇が秋琴に呪われていると考えたのは、はからずも自分が秋琴を密告した形になってしまったからだ。いわば自責の念によって「呪われている」と、思いこんでしまったことになる。

ならばこの瑠宇は、どんな理由でそう思ったのだろう。

「お知りあいの宦官が、事故で亡くなったと言ってましたよね？　なにか恨まれるようなことをしていたんですか？」

「……そんなつもりはないけどね」

少しむっとしたように、瑠宇は言った。

「じゃあ、ほかになにか思い当たることはありますか？　たとえば、体調が悪くなるのはいつも同じ時間帯ですか？」

「そうだね。腹が痛くなるのは、だいたい夜中だよ。部屋で寝ているときに、あまりの痛さに目が覚めちまうのさ」

「それは大変ですね」

それではあまり眠れてないだろう。先ほどからなにかと怒りっぽいのはそのせいだろうか。

そう思っていると、螢那はふと棚にある壺《つぼ》が目についた。ほとんどのものが雑然としている部屋で、それだけはきちんと配慮して置かれているように見えたからだ。

「あっ、それは……」

螢那が近づくと、瑠宇が焦ったように声をもらした。かまわずに壺の蓋を開けると、ツンとした鼻を刺激する香りがある。これは——酒だ。

「あーあ、バレちゃったか」

棚の上段に置いていたのは、倒してこぼさないようにと考えてのことだったらしい。

「堅いことは言わないでくれよ？　酒くらい、みんな隠し持ってるだろ？」

「そうなんですか？」

瑠宇がばつが悪そうに言ったのは、上官に見つかれば没収される可能性もあるからだろう。

　どこからか入手した酒を飲んでいる宮女や宦官はそれなりにいるが、建前としては、妃嬪の許可なく酒を飲むことは許されていない。というか、一般の宮女や宦官には所持自体が禁止されているからだ。

「黙っていてくれるなら、あんたにもわけてあげるからさあ」

「いえ、私はお酒を飲まないので……」

　言い訳がましく瑠宇はからんできたが、螢那は上の空で壺の奥を覗《のぞ》きこんだ。底のほうに、花の形をしたなにかが沈んでいるのが見える。

「そう我慢しなくていいよ。美味しそうな八角酒だろ？」

「八角酒……？」

　八角とは日常的によく使われる香辛料のひとつだ。大茴香《だいういきょう》の果実を乾燥させたもので、肉を煮込んだりするときなどによく使われる。花のような八角形の星形をしており、それを漬けこんだ酒は、独特の甘い香りが広く好まれている。

　しかしこの匂いは――。

「箸かなにかありますか？」

「あるけど……なに？」

　怪訝《けげん》な顔をする瑠宇にかまわず、螢那は受け取った箸で壺の底に沈んでいたそれをつまみあげた。八つの果皮を持った星形で、名前の由来にもなっている八角特有の形である。

「このお酒は、どうしたのですか？」

「もらったんだよ。……その、死んだ宗惟から」

「……もらったのではなく、もしかして盗んだのではありませんか？」

「なっ――」

螢那は、もう一度部屋のなかを見まわした。そのなかでも、とくに男物と思われる扇子や巾着などを――。

「亡くなった方の部屋から盗みを働いていた。だから、体調不良を感じたとき、真っ先に呪いだと思ったのではありませんか？」

「なにを証拠にそんな……」

「あなたが正当にこれをもらい受けていたなら、お酒として飲むことはなかったと思うので」

「どういう意味だい？」

「これ、八角じゃないんですよ」

「え？」

「先端が少し尖《とが》っているでしょう？　それに大きさも八角よりちょっと小さいんです。よく似ているんですけれど、これはシキミという植物の実で……猛毒です」

「え？」

「つまり、腹痛はこのお酒を飲んでいたせいだと思います」

「そんな……」

螢那の言葉に、瑠宇は絶句したのだった。

第五章　小姑と首切り現場へ

「へえ。そのシキミって、そんなに八角に似ているの？」

螢那から聞いた毒の酒の話に、玄冥殿の柱廊の縁に腰かけていた冬薇は驚いたように目を丸くした。

「似てますねー。なのにシキミのほうは、ネズミを駆除するのに使われるほど、毒性が強いんですよ。しかも、果皮の部分に一番多く毒が含まれてるって言われていまして――」

「え、じゃあ殺鼠剤《さっそざい》をそのまま飲んじゃってたってこと!?」

冬薇は、うわあ、と眉を下げた。

「どうでしょう。お酒につけてありましたし、鎮痛作用や消炎効果などもあるといわれているので、もとの持ち主は、そういった外用薬として持っていたのかもしれません」

元気を取り戻した冬薇とは、もともと年齢が近いこともあって、最近すっかり仲良くなっていた。

死霊が見えることで気味悪がられ、同世代の友達のいなかった螢那には、それはとてもうれしいことで、今日も淑妃が持たせてくれた杏仁酥《アーモンドクッキー》を手におしゃべりに興じていた。

「八角酒と思いこんでいたので、もったいなくてちびちび飲んでいたらしいんですよ。それが幸いしたんでしょうねー。ぐいぐい行ってたら、もしかしたら今頃はあの世行きだったかもしれないです」

「そこまで似ているんなら、間違える人がたくさんいて大変なんじゃないの？」

冬薇は心配そうに眉をひそめたが、螢那は首を振った。

「もともと八角……大茴香もシキミの一種なんです。なので、見た目はたしかに似ているんですけど、産地がまったく違うので普通は間違えないですよ」

「そんなもの、螢那はよく知っていたわね」

感心したように言われ、螢那は反応に困ってしまう。シキミの毒について知っていたのも、祖母の理不尽な巫女教育によるものだからだ。

かつて巫女は、権力者に命じられて邪魔な人間を殺したり病魔に侵させたりする必要があったからか、やたらと毒についての知識が豊富なのだ。そうして相手を害したあとで「呪い」と言うのか、それとも前もって「予言」をしてから手を下したのかは、その時々によって違ったのだろうが。

「ねえ、その事故で亡くなったっていう、もともとの持ち主は、宦官だったんでしょう？　ふたりはどういう関係だったの？　恋人だったとか？」

後宮に来て螢那も知ったが、宦官と宮女が恋人同士になるというのは、ままあることらしい。

しかしもし恋人だったら、持ち物を盗んだ上に、「呪われた」などとは考えないのではないだろうか。そもそもあの瑠宇は、色恋にはあまり興味がなさそうな人物に見えた。

「さあ、そこまでは聞きませんでしたけど、たぶん違うんじゃないですかねー」

クッキーの上に飾りでついている南瓜《かぼちゃ》の種をポリポリ噛《か》みながら答えると、冬薇が「あのね……」と声を落とした。

「秋琴のことなんだけど、彼女にもずっと昔、同郷の恋人がいたみたいなのよね」

「宦官のですか？」

「たぶん、そう。だからあの頭蓋骨は、その恋人のものだったんじゃないかって、淑妃様が言ってたわ」

「ああ、そういうことならわかります。とても愛《いと》おしそうに抱いていましたから」

「え？」

「っ、いえ、ナンデモナイデス……！」

秋琴の死霊を見たと話せば、せっかく冬薔にかけた暗示が解けてしまう。

嘘がばれないように焦りながら答えたため、なんとなく片言になってしまったが、冬薇にはなんとか気づかれなかったようだ。

「相手は皇后様にお仕えしていた宦官らしいんだけど、噂では、些細《ささい》なことで罰せられて命を落としたみたいなのよね。だから私、決めたの。いつかふたりの骨を、故郷に帰してあげようって」

「ああ、それはいいですね」

それは冬薇の、秋琴に対する償いなのだと螢那にはわかった。それで冬薇の心に踏んぎりがつけばいいし、なによりそれは、無実の罪で亡くなった秋琴への供養になるだろう。

「あとね。そのためもあるんだけど、やっぱり私、彼女の冤罪を晴らしてあげたいと思ってるの」

「ああ、聞きましたよ。侶賢妃様の殺害事件について、淑妃様が再調査を掖庭局《えきていきょく》に願い出たって」

秋琴の遺体は罪人として打ち捨てられたため、現状ではその首を持ち出すことは難しい。しかし冤罪が晴れれば、遺体を引き取ることも可能になるはずだ。

「そうなのよ。掖庭局も、はじめは渋っていたんだけど、太子様の口利きでなんとか受理されたんですって」

「あの人も、たまには役に立つことをするんですねー」

うなずきながらも螢那は、侑彗のことになると遠い目をしてしまう。

そういえば冬薇は、一緒に部屋に連れていった彼が皇太子だとはじめは気づいていなかったらしい。

あとで知らされて慌てたというが、わからなかったのは冬薇が秋琴のことで頭がいっぱいだったからだけではないだろう。あの男は嘘をつくのと同じくらい、変装もうまいのだ。

「だけど、掖庭局にはなかなか真剣に調べなおしてもらえていないみたい。ほら、秋琴が冤罪ってことになれば、彼女を犯人にした自分たちのミスってことになるでしょう？」

「たしかにそうですね」

もし真犯人が出てきてしまえば、掖庭局の面子《メンツ》にかかわるということか。

「そうしたらね。太子様が『螢那が協力してくれればどうにかなるかも』って言ってたね」

クッキーの食べこぼしを狙って寄ってくる雀《すずめ》を眺めながらうなずいていた螢那は、

その言葉にぴたりと動きを止めた。

「はい？」

なんだか嫌な予感がして、螢那は顔を上げて横に座る冬薇を見た。

「だからね――」

「すみません冬薇。私、ちょっと急用を思い出しました――」

申し訳なさそうな顔をしている冬薇の言葉を待たず、螢那が立ち上がったときだった。

「どこへ行くつもりだ、小娘！」

唐突に背後から声をかけられ、螢那は反射的に振り返った。すると紺色の女官服をまとった美少女が、なぜか仁王立ちしている。

「なにをこんなところで油を売っている。さっさと仕度をしろ」

当然のようにそう命じてくる顔に、見覚えはない。螢那を小娘と呼んでくるけれど、年齢はそう変わらないはずだ。

「ええと、どこかでお会いしたことがあったでしょうか？」

「おまえ、まさか俺がわからないのか？」

不機嫌そうに眉をひそめる表情が、ようやく記憶の片隅にひっかかる。そのぞんざいな口調、螢那を「小娘」と呼ぶ声――。

「ま、まさか、喬詠さんですか……？」

螢那は後ずさりながら、侑彗とともに螢那を皇城まで拉致してきた少年の名を呼んだ。「侑彗様大事！」を貫く侑彗の乳兄弟で、いつも螢那を敵視する、彼女にとって小姑《こじゅうと》のような存在だ。

「どうして後宮《ここ》に？　いやそれ以上に、なぜに女装を？」

化粧までして、どこからどう見ても美少女にしか見えない喬詠がまだ信じられず、螢那はまじまじと彼を凝視してしまう。

当然のことながら、皇帝陛下の妃嬪が住まう後宮は男子禁制だ。皇太子である侑彗をはじめ、皇族や、妃の親族など、許可があれば入れる例外もあるが、それでも喬詠とここで会ったことはない。

「侑彗様の御ためなら、女装くらいなんてことはない」

「いや、そんな誇らしげに宣言されましても……。ていうか、だからどうして後宮《ここ》にいるんですか！」

「あいかわらず物分かりの悪い奴《やつ》だな！　まったくもってわからん。なぜ侑彗様は、こんな小娘を特別扱いされるのか……！」

喬詠は、勝手にぷりぷりと怒りだす。

「いやいや、特別扱いなんてされてないですよ！　体よく利用されているだけですから——！」

どこを見ているのだと反論すると、突然喬詠が、きっ、と正面からにらみつけてきた。

「おまえ！」

「はい！」

螢那は反射的にぴしりと気をつけをしてしまう。

「いいか？　くれぐれも侑彗様にご迷惑をかけるなよ？」

「どうして私が……。そもそも私を拉致してまで後宮に連れてきたのは、そっちじゃないですか！」

螢那が口を尖らすと、喬詠はくっ、と顔をしかめた。

「仕方がない。侑彗様がおまえに賭けるとおっしゃった以上、俺としてはそれに従うしかない」

賭ける？　どういう意味だろう。

そんな疑問がよぎるが、それ以上に、ひどく屈辱的とでも言わんばかりの喬詠の様子に頬が引きつってしまう。

「ということで、今日は俺のことを喬花《きょうか》と呼べ」

「え、それはさすがに気持ち悪いです」

「なんだとう……!?」

嘘がつけずに正直に言うと、喬詠が螢那の首をつかんでがくがくと揺らしてくる。

「ああ、くそっ！　あいかわらず腹の立つ女だ！　もういい、くっちゃべってないで、とっとと侶賢妃の宮殿に行くぞ！」

「はいい？　なぜ!?」

話がそこに飛ぶとは思っていなくて、螢那は後ずさった。

「侶賢妃を殺した真犯人を捜すために決まっているだろう！」

「そ、それは掖庭局の役割では……」

「自分たちが一度結審してその犯人を斬首までしたものを、掖庭局が喜んで再調査すると思うほど、おまえの頭はクソ目出度《めでた》いのか!?　確固たる証拠をつかまなければ、奴らは動かないに決まっているだろう！」

「いや、でも……」

その話はさきほど冬薇ともしていたが、だからといってなぜ螢那が行かなければならないのか。

螢那がそう口ごもっていると、冬薇が口を挟んだ。

「真犯人がわかれば、淑妃様に向けられた疑惑だって晴れるでしょう？　螢那も言ってたじゃない、井戸水を飲まないのはもちろんだけど、できればはやく玄冥殿から出たほうがいいって」

「だ、だけど、私が侶賢妃様の宮殿に行ったとしても、真犯人がわかるとは――」

「だとしても、まずはそこを調査しないでどうするんだ」

「それは、そうですけど……」

それでもうなずけずに螢那が言葉を濁すと、喬詠がいぶかしむように顔を覗きこんでくる。

「いやに行くのに抵抗するな。なにかあるのか？」

「抵抗するに決まってますよ！　だって侶賢妃様って、首を斬られて亡くなったんでしょう？　宮殿に行って、そこに首のない死霊がいたらどうするんですか！」

そんな恐ろしいもの、見たいわけがないではないか。

「好都合じゃないか。本人から死んだときの状況を聞けるんだから」

「いやいやいや！　それに死霊がいたって、会話できるとはかぎらないんですけど――！」

そもそも首がなかったら、話せるわけがないではないか。

「お願い、螢那。私も一緒に行くから」

逃げようとするが、ひたむきな眼差しで冬薇に見つめられてしまう。

「ほら、行くぞ！　死んだ侶賢妃は、皇后の縁戚だからな。なかなか守り《ガード》が堅くて、太常寺《だいじょうじ》の女官として、ようやく今日の訪問を取り付けたんだ！　俺の努力を無駄にするなよ！」

「ひー」

とどめに喬詠に首根っこをつかまれ、螢那はそのままふたりにずるずると引きずられていったのだった。

＊

「太常寺の者です。賢妃様に香華を供えに参りました」

大理石でできた濤香宮《とうこうきゅう》の階段を上がりきると、喬詠は螢那に対するのとはまったく違うきりりとした表情で告げた。

太常寺とは、国家の祭祀や儀式などを取り仕切っている官署である。ちなみに「寺」とついてはいるが、たんに役所の名前である。

螢那が所属している太卜署もこの管轄下にあり、いわば喬詠は螢那の上官という名目で、この場にやって来たようだ。

「ありがとうございます。賢妃様もおよろこびになるかと存じます」

侶賢妃に仕えていた侍女だろう。出迎えた二十代半ばと思われる女性が、深々と頭を下げた。喪に服しているのか、白い衣をまとったその侍女は、蘭瑛《らんえい》と名乗り、三人を宮殿内へと案内してくれる。

聞けば、ほとんどの宮女や宦官は、すでにほかの宮殿へ移動するか後宮を去ったらしく、なかはがらんとしていた。

「片づけなどのために私は残りましたが、来月にはこの濤香宮も皇帝陛下にお返しさせていただいて、私も後宮を出るつもりですの」

「そうなんですか。寂しくなりますわね」

冬薇が適当に話を合わせている間、螢那はびくびくとあたりを見まわした。死霊は見当たらないが、宮殿のなかはいたるところ喪中を示す白絹で覆われている。螢那はふと不思議に思って蘭瑛に訊ねた。

「あの、侶賢妃様の喪はすでに明けているのでは？」

侶賢妃が亡くなったのは、春先と聞いている。それなのになぜ、まだ喪に服しているのだろう。

「ああこれは……。実は当家の跡継ぎが、先日息を引き取りまして――」

「まあ、侶賢妃様に続いて？　でも侶賢妃様は、侶尚書《しょうしょ》のひとり娘と伺っていましたが」

重なる不幸に、冬薇が目を丸くした。

「はい。娘しかいなかった侶尚書は、侶家を存続させるために、遠縁の子供を養子に迎えられていたのです。でも、姉君があんな形で亡くなって、そのご養子もだいぶ気落ちしておられたそうで――」

気を病んで亡くなった、ということだろうか。螢那がそう思っていると、蘭瑛が扉の前で足を止めた。

「賢妃様が亡くなっていたのは、こちらの部屋でございます」

「逃げるなよ？」

反射的に踵《きびす》を返そうとしたところを喬詠に捕らえられ、螢那は泣く泣く部屋に足を踏み入れる。しかしそこに死霊はいなくて、ほっと胸をなでおろした。

「侶賢妃様が亡くなられていたのは、その寝台ですか？」

「そうです。あの日、身体はこの寝台に横たわっていました。……首のない、無惨なお姿で」

訊ねた喬詠に、蘭瑛は声を震わせて答えた。その光景を想像したのか、冬薇も息を呑《の》む。

「すみません。実は黎雪《れいせつ》――侶賢妃様と私は乳姉妹だったのです。母が私を身籠もっているときに父が亡くなって。そのままでは路頭に迷うところだったのを、侶賢妃様の父である侶尚書に拾っていただいて……。それ以来、姉妹のように育ってきたので、いまだに受け入れられなくて——」

「お気持ち、お察ししますわ」

とうとう涙を流しだした蘭瑛を、同情したように冬薇がなぐさめた。

「侶賢妃様はお若かったのに、本当に痛ましいことでしたわ。たしかまだ二十代も半ばだったとか」

世慣れしている冬薇が来てくれてよかった。もし彼女がいなかったら、主を亡くして嘆き悲しむ侍女と、不愛想な喬詠との間で、螢那はかけるべき言葉もわからずに途方に暮れていただろう。

「そうなのです。ぜひ妃にと望まれ後宮に上がったときには、この世の春と思われたのに、こんなことになるなんて……！」

むせび泣く蘭瑛には目もくれずに、喬詠はひとり淡々と香華を供え、銅鈴を鳴らしている。若い女性の涙にここまで無関心でいられるのも、いっそ見事である。

「あの……！」

しかし喬詠のあげはじめた調子はずれな祝詞《のりと》に、螢那は耳を疑った。にわか道士では致しかたないのかもしれないが、このままでは蘭瑛に不審を抱かれてしまう。そう焦った螢那は、思わず彼女に話しかけた。

「そういえば、最近壁を塗りなおしたのですか？」

しかし口から出てきたのはそんな言葉で、螢那はますます慌てた。いくら不思議に思っていたこととはいえ、どうしてこんなことしか訊けないのだろう。

「はい？」

案の定蘭瑛は、唐突すぎる螢那の問いに、鳩が豆鉄砲を食ったような顔をした。

「塗りなおしていませんが……？」

「あ、そうですよね。すみません」

目を瞬《しばた》かせながら答える蘭瑛に、なんでもないと首を振る。

うまくごまかせない自分を恨みながら、螢那は喬詠の下手な祝詞がはやく終わるよう、ひたすらに祈るしかなかった。

「それで？　いないのか？」

しかしようやく祝詞を唱えおえた喬詠は、さっさと帰ろうとしていた螢那の首根っこをふたたびつかんで、こっそりと耳打ちしてきた。

「ここにはいないです」

嘘が嫌いな螢那は、明後日《あさって》の方向を見ながら短く告げた。しかしその答えに、喬詠が意地の悪い笑みを深める。

「ふーん。ここには、ね。じゃあほかの部屋にいるってことか」

螢那は必死に首を振った。しかし喬詠は彼女の腕をつかみ、続き部屋の扉を開けてしまう。

「あの、なにか?」

勝手に宮殿のなかを歩きはじめたふたりを、蘭瑛が戸惑った様子で追いかけてくる。

「ああ、気にしないでください。気の流れを確認しているだけですから」

あとからついてきた冬薇がごまかした。

「はあ」

気にしないでと言われても、気にならないわけないだろう。だが喬詠は困惑の表情を浮かべる蘭瑛にかまわず、次々に扉を開けていく。

しかも彼は螢那が行きたがらない方向へ、どんどん進んでいった。

「こっちはどうだ?」

「いやー、たぶん、あちらの部屋が怪しいと……」

これは嘘ではない。なんとなく気持ち悪く感じるところはあるが、けっして確信があるわけではないからだ。

そう自分に言い聞かせていた螢那だったが、しかし――。

「おまえ、どうしても向こうに行くのが嫌みたいだな」

「そんなことないですー」

否定した瞬間、喬詠は螢那が拒否していた突き当りの扉を開いた。

螢那はようやく門をひとつ見つけて立ち止まった。

「玼薇宮《しびきゅう》……？」

掲げられた扁額《へんがく》を見上げ、螢那はつぶやいた。これだけ宮墻が続いていたということは、かなり大きな宮殿のようだが、どうやら閉鎖されているようだ。見張りも立っておらず、なかを少し覗いただけで、通路以上に草が生い茂るなど、ひどく荒れているのがわかる。

「侑彗殿は、どうしてこんな辺鄙《へんぴ》なところに？　――って、はっ！　まさか逢引《あいび》きですか？」

彼のことだ、ありえないことではない。

そう螢那が目を丸くしたとき、ふいに伸びてきた手が彼女をなかへと引きずりこんだ。

「いつまで僕をつけているのかな？　皇后にでも命じられたの？」

侑彗の声だった。しかしやわらかな物言いながら、どこか有無を言わさぬ怜悧《れいり》な口調は、螢那がはじめて聞くものだった。驚いて腕から逃れようともがくが、拘束が外れる気配はない。

「んんんん――っ!!」

「って、あれ。誰かと思ったら螢那？　なんで君、こんなところに……？」

切羽つまって口を覆ってくる手に噛みつこうとしたとき、ようやく侑彗の戸惑った気配を感じた。ふっと解放され、螢那は慌てて振り返った。

「み、見損ないましたよ！　いやしくも皇帝陛下の後宮で、女性漁《あさ》りなんて――っぶ！」

「は、はひを……？」

突然侑彗に鼻をつままれて螢那は声をつまらせた。

「鼻血だよ。鼻の頭がすりむけているけど、どうしたの？　これ」

苦笑する彼の顔は、いつもと変わりなかった。それをいぶかしく思いながらも螢那は答えた。

「ほろんだんへふ」

「ごめん。なに言っているか、ちょっとわからない」

「はから……！　転んだんですよ！」

手渡された手巾で鼻を押さえ、螢那は声を荒らげた。

「ていうか、あなたこそ、ここでなにをしているんですか！　こんな人気のないところで逢引きなんて――」

「はは、まさか君が嫉妬してくれるなんて。うれしいな」

「寝言は寝てから言ってくださいー！」

妄言もいいかげんにしてくれと、螢那はじとりと侑彗をにらみつける。

「ひとと会う予定なんてないし、たんなる散歩だよ。ここは誰も来ないからね。僕のとっておきの場所なんだ」

侑彗は螢那に背を向け、主殿と思われる建物の、苔《こけ》むした階《きざはし》に腰掛けながら笑った。たしかに少し冷静になって周囲を窺《うかが》うと、彼が誰かとともにいた気配はなさそうだ。

「誰も来ないって……どうしてですか？」

ここに来るまでの寂れた道を思い出し、螢那は訊ねた。

「この宮殿に入ると、呪われるそうだからね」

ここもか、と螢那は頭が痛くなった。この後宮にはいったいいくつ呪いの地点《スポット》があるのだろうかと。

「……どうしてまたそういう話になるんでしょうね」

「それはね、かつてここで、呪いの御子《みこ》が生まれたからだそうだよ」

「呪いの御子、ですか？」

なんだそれは、と螢那は眉を寄せる。

「なんでもその赤子が生まれ落ちるときに、皇城を守護していると言われていた樹齢数百年という古木が、落雷で倒れたんだそうだ。それだけでなく、この宮殿の池の魚が、一夜にしてみな死に絶えたと。道士に占わせたところ、生まれたのは呪いの赤子で、この国に禍《わざわい》を招くと予言されたそうだ」

「うわあ、妄言のかたまりのような話ですねー」

「ははっ！　君のそういうところが好きだよ」

馬鹿馬鹿しいと一蹴した螢那に、侑彗は心底楽しそうに笑った。

「その、どんなときも惑わされずに、真実を見ようとするところがね」

「はあ、それはどうも」

普段から息を吐くように嘘をつく男に、そんなことを言われてもうれしくない。

「だって、どれもたいした話じゃないじゃないですか。たとえば、硝石と硫黄と木炭を合わせれば、落雷に似た現象を起こすことはできますよ？　それを使えば、木くらい簡単に倒せます」

たしか道士たちの間で火薬と呼ばれているはずのものだ。

「じゃあ池の魚は？」

侑彗は、階段に座ったまま庭園の右手を指さした。

「その赤子が生まれた朝、池に放していた鯉《こい》も鮒《ふな》も、すべて死んで浮かんでいて、祟《たた》りだ呪いだと大騒ぎになったらしい。祟りでも呪いでもないなら、どうしてそんなことが起きたんだろう？　君にならわかるかい？」

「誰かに毒を投げ入れられたとかじゃないんですか？」

いつもの彼とは違う冷たい口調に螢那は驚いた。まるで騙されることは罪悪だとでも言っているようで――。

「淑妃の件も同じだよ。もし君が『玄冥殿の呪い』と言われているものを解かなければ、彼女はいまも、侶賢妃を侍女に殺させた主犯と疑われたままだっただろう。そうやって人々は悪気なく噂を広め、いつしかそれを事実としてしまうんだ」

螢那は、母のことを思い出した。

あのとき母を、大勢でよってたかって殴り殺した人々は、たぶんみな普通の「善良な人々」だったのだろうと。

しかし母が疫神を招き入れたと思いこんだ彼らにとって、母を殺すのは正義そのものだったに違いない。そしてある者は自分の身を守るため、またある者は家族の命を救うために、母に襲いかかった。

――悪意なく人を傷つける。

そのとおりだ。

だけど、もし母が、普段から呪いだうらないだと、自分に神秘的な力があるとみなに思いこませていなかったら？

もしそうだったなら、あのようなことは起こらなかったのではないだろうか。だから螢那は歯切れ悪く口を開いた。

「……だけど、信じてしまう人を責めることもできません。結局は、普段の行いというか……」

「普段の行い？　そう淑妃に言うつもりかい？　げんに彼女は、君が貧血に気づくまで、体調不良があっても薬師に診せることさえできずにいたじゃないか」

「それは……」

侑彗に一蹴され、螢那は口ごもった。気さくな性格で、宮女たちから慕われている淑妃に、過失などあるはずがないからだ。

「それに、君が言う巫女の力とは、本当にイカサマなのかい？」

「はい？」

螢那は首をかしげた。ありもしないことを信じさせるのがイカサマでないなら、なんだというのだと。

「巫女の力というのは、もともとは知識だったんじゃないかな」

「知識、ですか？」

螢那は目を瞬かせた。

「山菜や獣など、山で採れるものはみな、神からの贈り物だと言うだろう？　それと同じで、気象を読み、土石を理解し、そこから生じる植物や鉱物を知る――巫女が『神に通じる』とされたのは、そんな神の知識に通じているという意味だったんじゃないだろうか」

「神の知識に通じる……」

そんなことを言われたのははじめてで、螢那は驚きとともに侑彗を見上げた。

「そうして薬草に詳しい巫女は、巫医として人々の病を治すことも求められていく。病のさきに死がある以上、そこに見鬼――つまり死霊が見える者の血筋も入って、巫女と結びついていったのも想像がつく。そうして長い年月を経るうちに、いつしか巫女は『神鬼に通じる』神秘的な存在とされていったんじゃないかな」

不思議なことを考える人だと螢那は思った。死霊が見える螢那のことを、たいていの人は気味が悪いと忌むものだが、彼の言葉を借りれば、それさえも人々によって求められた必然のようだ。

「君が冬薇に暗示をかけたように、本当に占いやまじないで人を治すこともあったんだろう。巫女がそのためにみずから神秘性を演出していたのなら、それはイカサマだと責められるのかい？」

「まあたしかに、それで救われる人もいたのかもしれないですけど――」

そう思いかけ、螢那ははっと我に返った。いつの間にか、侑彗に思考を誘導されていることに気づいたからだ。

「なにか、たくらんでいるんですか？」

それでも螢那は、祖母が困っている人たちから金を巻きあげていたことを容認できなかった。

巫女は、忌まれても仕方のない存在なのである。

だからこそ螢那は、嘘だけはつきたくない。

そして嘘をつかないかぎり、螢那は自分をイカサマにまみれた巫女だと思わずにいられるのだ。

「ひどいなあ。なにもたくらんでないよ」

侑彗は肩をすくめたが信用できない。しょせん彼は誘拐犯なのだから。

「あいかわらず、かたくなだね。僕が言いたいのは、そう自分を卑下するもんじゃないってことさ」

侑彗は、座りこむ自分の膝に肘をつきながら、胡乱《うろん》な眼差しを向けてくる螢那を笑った。

「っていうか君、そういえばどうしてここにいるの？　今日は濤香宮に行っているんじゃなかったのかい？」

「あ！」

急に話題を変えられ、螢那はついさきほど、濤香宮で死霊と対面させられたことを思い出した。

「あれだって、どうせ侑彗殿の差し金でしょう？」

「はは。だって君も、淑妃にははやく玄冥殿を出たほうがいいって言っていたじゃないか」

じろりと侑彗をにらみつけるが、あいかわらず彼は悪びれない。

「でも、君がこんなところにひとりでいるってことは、逃げてきたのかな？　ということは侶賢妃は、やっぱり黄泉へ向かうことなく、殺された宮殿でさまよっているんだね？　やっぱり彼女の首はなかったの？」

「ありましたよ！」

部屋の奥に佇《たたず》む死霊の姿を思い出し、螢那はぶるりと震える。

「へえ。じゃあ、なにかわかったのかい？」

「わかるわけないじゃないですか……！」

死霊が自分を殺した犯人の名前をつぶやいているとか、そんな都合のよいことなんて、そうそう起こりえることではない。

苛立《いらだ》ちながら螢那が答えると、侑彗は少し考えてから口を開いた。

「ちなみに、ここにはいるのかな？」

「なにがですか？」

「死霊」

「いませんよ！」

しばらく使われてない宮殿だからか、清々《すがすが》しいほどに死霊がいない。静謐《せいひつ》な空気が流れているようだ。

「……そうか」

なのにどこか残念そうに言われて、螢那は結局彼に訊ねる機会をつかみそこねてしまった。

宮女との逢引きでないのなら、本当にどうしてこんなところにひとりでいたのかと――。

＊

「侑彗様。駄目でした。コイツ、やっぱりぜんぜん役に立ちませんでしたよ！」

侑彗に連れられて玄冥殿に戻ると、先に到着していた喬詠は螢那に親指を向け、告げ口するように言い放った。腹立たしいことに、その顔はどこかうれしそうである。

「すみませんねー！　だから私、はじめから役に立たないって言っていたじゃないですか」

嫌がっているにもかかわらず、無理やり濤香宮に引きずっていったのはそちらだと、螢那は非難の声をもらした。

「まあまあ、とりあえずお菓子でもお食べなさいな」

螢那がむっすりと怒っていると、淑妃が皿に盛ってあった桂花《けいか》餅を取り分けてくれる。どうやら淑妃は、甘いものさえ与えておけば、螢那の機嫌は直ると思っているようだ。

「ごめん、螢那。私が秋琴の冤罪を晴らしたいって言ったから……」

皿に盛られた桂花餅の花びらを眺めながら、このまま懐柔されていいものかと螢那は迷う。しかし冬薇に、申し訳なさそうな顔をされると、それ以上なにも言えなくなってしまった。

「侶賢妃の死霊に首はあったって君は言っていたけれど、それ以外で何か気づいたことはあるのかな？」

「ほかにって言われましても……そんなにじっくり見てませんし――」

怖くて、それどころではなかったのだ。

「見てないなら、もう一度行くか？」

「あああ！　よくわかりませんけど、侶賢妃様の死霊はなぜかうれしそうに見えました！　それから『もうすぐ帰れるから』ってつぶやいてました！」

喬詠の無情な言葉に、螢那は叫んだ。死霊の顔や声なんて、思い出したくもないというのに。

「帰れる？　侶家に帰るってことかしら？　皇帝陛下の妃になった以上、実家に帰るなんて、そうそうできないはずだけど……」

「それはわかりませんけど……あ、でも」

驚く淑妃に、螢那ははっと思い出した。

「……もしかしたら侶賢妃様は、首を斬られて殺されたんじゃなくて、殺されてから、首を斬られたのかもしれません」

「はあ？　それのなにが違うんだ？」

喬詠が苛立たしげに片眉を上げた。

「だって、首を斬るって、ものすごい重労働じゃないですか。侶賢妃様を殺した犯人は、どうしてそんなことをわざわざしたのでしょう？」

「知るか！」

「……どういうことだい？」

一刀両断した乳兄弟の横で、侑彗が訊ねた。

「ええとだから、室内に血が飛び散った感じがしなかったんですよー」

もし生きているうちに首を斬られたら、ものすごい出血になったはずだ。そうなれば、横たわっていた寝具だけでなく壁や天井にまで血が飛び散ったはずだが、塗りなおした形跡はなかった。

「子供のころに、痴話げんかの末に夫が妻を刺し殺した現場を見たことがあるんですけど、すごかったですよ。でも侶賢妃様の部屋には、そんな痕跡はまったくなかったんですよね」

「子供がそんなもの見るなよ……」

「私だって、好きで見たんじゃないですよー」

あきれたようにつぶやく喬詠にむっとする。螢那とて、祖母に無理やり見させられたのだ。

「秋琴が頭蓋骨を持っていると知っていた犯人が、彼女に罪を着せるためじゃない？」

冬薇の言葉に、螢那は首を振った。

「だとしたら、犯人はすごく秋琴さんを恨んでたってことですよね？　彼女に罪を着せるためだけに、首を斬るなんて」

だったら侶賢妃じゃなくて、むしろ秋琴自身を殺すのではないだろうか。

「秋琴が誰かに恨まれてたなんて、私は信じられないわ……」

淑妃が首を振る。冬薇もうなずき、ほかの子たちにもなにか知らないか訊いてみると請けあった。

「いずれにしても、私にできるのはここまでですー」

死霊が犯人の名前を口にしているならともかく、これ以上螢那にわかることはない。

「やっぱり役立たずじゃねーか」

小姑のあいかわらず余計な一言に、螢那はくうと歯嚙みしたのだった。

第七章　事故ではなくて事件のようです

「ごめんね、螢那。黙って濤香宮に連れていったこと謝るわ。前もって話したら、螢那はぜったいに行かないだろうって太子様に言われていて」

「……もういいです。悪いのは侑彗殿ですから。それに淑妃様に、お菓子をたくさんもらいましたし」

あれから何日経っても謝りつづける冬薇に、螢那は告げた。今回いつまでも疲れが取れないのは、死霊を見たからというよりも、喬詠から受けたダメージが大きかったからだと。

結局、侶賢妃が殺された事件について、新たにわかったことはなかった。掖庭局がどの程度真剣に再調査してくれるかは不明だが、あとは彼らにまかせるしかないだろう。

「それにしても喬詠さんは、どうしてああも私を嫌うのでしょうねー」

会うたびに神経をすり減らされると、螢那は思わず遠い目をしてつぶやいてしまう。

「だいたい侑彗殿も侑彗殿なんですよ。いつも暇なのか、ってくらいついてくるのに、どうして今回にかぎって喬詠さんを呼んだんでしょう……！」

侑彗が同じ時間に茈薇宮にいたということは、忙しくて一緒に来られなかったわけではなさそうだ。面倒ごとを螢那に押しつけ、ひとりふらふらと歩きまわっていたとはなにを考えているのか。

「って、太子様が、今回乳兄弟の喬詠殿を女装させてまで一緒に行かせたのは、螢那のためだと思うけど……」

収まらない怒りに螢那がぷりぷりしていると、冬薇がそう口を開いた。

「どうしてですか？」

「というか太子様は、今回はついて行きたくても行けなかったんじゃない？　ほら、侶賢妃様は皇后様の遠縁にあたる方だったから」

意味がわからないでいると、冬薇はきょろきょろと、あたりに誰もいないことを確認する。そして「あくまで噂だけど……」と声をひそめた。

「もともと皇后様は、皇帝陛下の実子でない太子様が皇位を継ぐことに、納得なさってないらしいのよ。それで自分の縁戚にあたる侶賢妃様を、強引に陛下の後宮にお入れになったんですって。だから、亡くなった侶賢妃様の宮殿に太子様が行くと、あらぬ疑惑を招きかねないって考えられたんじゃないかしら？」

「それで喬詠さんも、太常寺からなどとまどろっこしい訪問の手続きを取らざるをえなかったってことですか？」

なんだか複雑な話だと螢那は眉根を寄せた。

「皇后様としては、若いお妃が後宮に上がれば、陛下に皇子が生まれると考えられたんでしょうね。それで、いずれは生まれた皇子を養子にして、嫡母として即位させればご自身も安泰って――。でもねえ……」

だとしたら、侶賢妃は、みずから望んで妃になったのではないのか。皇后が嫡母になるためだけに後宮に入らされたのならば、侶賢妃自身は後宮に入ることをどう思っていたのだろう。

「なるほど。侑彗殿も、軽薄な人柄に似合わず、なかなかに複雑なお立場ということですね」

「あんた、軽薄って……。仮にも皇太子殿下に……」

螢那がしみじみとつぶやくと、冬薇があきれた声をもらした。

「それにしても、皇帝陛下に若い妃をあてがって皇子を生ませて、その嫡母となるって、気の遠くなるような話ですねー」

一年二年で終わる話ではない。

嫡母になりたいなら、いっそのこと侑彗殿を養子にしてしまえばいいのに。それが一番手っ取り早いと思うのだが、それでは駄目なのだろうか。

「そりゃあ、皇后としてみれば、自分とまったく関係のない皇太子が皇位についたら、自分をどう扱うかわからないからだろ」

突然背後から聞こえた声に、驚いた螢那は振り返った。するとそこには、先日毒シキミの酒に苦しんでいた瑠宇の姿があった。どうやら勝手に玄冥殿に入ってきたらしい。

「ようは皇后が、次代の嫡母として君臨しつづけるには、あの皇太子が邪魔なのさ。有名な話だよ。皇太子に立てられるときも、皇后が反対して一悶着あったのを、皇帝陛下がめずらしく押し通したって。まあ、侶賢妃が死んでも、また二十歳そこそこだっていう若い妃を後宮に入れようとしてるって噂があるから、皇后もまだあきらめてないんだろうけどね」

「あんた、誰よ」

初対面の相手に内緒話を聞かれ、冬薇が警戒したように質《ただ》した。

「瑠宇って呼んでくれてかまわないよ。皇后宮の下働きさ。しっかしあんたら、ずいぶんきな臭い話をしてるじゃないか！」

どこに耳があるかわからないんだから、もう少し気をつけなよと瑠宇は言った。

「ああ、あんたが螢那の話していた盗人《ぬすっと》ってわけね」

「なんだって？」

注意されてむっとしたように冬薇が返すと、今度は瑠宇が眉根を寄せた。

「だってそうでしょ？　死んだ人のものを勝手に持ち出すなんて、盗人じゃないならなんなのよ！」

「盗んだんじゃない！　宗惟には、博打で貸しがあったんだよ！　それを遺品で回収しようとしただけだろ。なにが悪いのさ！」

それでも多少は良心の呵責《かしゃく》があったのだろう。そうでなければ宗惟に呪われたとは思わなかったはずである。

「ええと、宗惟さんは博打をする方だったんですか？」

一触即発のふたりの間に割って入ろうと、螢那は訊ねた。

「酒飲んで博打を打つしかしない奴だったよ」

思いがけず、宗惟もなかなかガラの悪い宦官だったようだ。

おそらく瑠宇の部屋が雑多なものであふれていたのも、博打で勝った際の戦利品なのだろう。瑠宇が自分のことを『いろんな宮殿に仲間がいる』と言っていたが、それはみな博打仲間のようだ。

「それであんた、ここになにしに来たわけ？　まさか淑妃様にご用とでも言うんじゃないでしょうね？」

「ああ、そうだった。いやあんたが、玄冥殿によくいるって聞いたからさ」

冬薇がにらみつけると、瑠宇が愛想よく螢那の肩を叩いた。

「私に用なんですか？」

「そうさ。いや実は、あたしの知りあいで失《う》せ物《もの》を捜している奴がいてさ！　あんたなら場所がわかるんじゃないかと思って」

「はい？」

「どうだい？　礼は弾むって言ってるから、半々でいいよ！　っていうか、これからあたしと組まないかい？　一緒にいれば、ぜったいに儲《もう》かるはずだからさ！」

手を握られきらきらした目で見つめられる。どうやら瑠宇は、螢那を使って金を稼ごうとしているらしい。

「ええと……」

「図々《ずうずう》しい女ね！　なに勝手なことを言ってるのよ！」

呆気《あっけ》にとられて押しきられそうになっていると、冬薇が瑠宇との間に割りこんでくれる。

「螢那を利用しようったって、そうはいかないんだから！　だいたい半々って、あんたのことなんて信用できるわけないでしょ！」

「なんだい、あんたには関係ないだろう!?　おせっかいな女だね！」

「なんですってえ!?　私がおせっかいなら、あんたはなんなのよ！　毒を飲んでも気づかない、激ニブ女のくせに！」

言い争うふたりの会話の速度についていけず、螢那がどうしようかと思ったときだった。

「なっ！　あれは……しょうがないじゃないか！　宗惟が飲んでて、ぴんぴんしてるの見てたから、まさか毒が入ってるなんて……」

「はい？」

瑠宇の言葉に、螢那は動きを止めた。

「……あの、亡くなった宗惟さんは、あのシキミ酒を飲んでたんですか？　外用薬として使っていたんじゃなくて？」

「飲んでたよ！　ていうかあいつ、誰にもらってたのか知らないけど、酒には困らないやつでさ。みんなで博打を打ってるときも自慢げにぐびぐび飲みやがって。あたしらが一杯くれって言っても、いつだって一滴もわけてくれなかった……！　あの日も――って、なんだよ」

無言になった螢那に、瑠宇が眉をひそめた。

「あたし、なんかおかしいこと言ったかい？」

「おかしいというか……その宗惟さん、もしかしてなんですけれども、誰かに殺されたなんてことはないんですか……？」

「ええ!?」

「だって、あれが毒って知らないで飲んでいたってことですよね？」

「待ってくれよ。だってあれ、ネズミ用の毒なんだろう？」

「ネズミの駆除によく使われるだけで、量が多ければ人間だって死にますよ」

「で、でも宗惟は、毒で死んだんじゃないぞ？　酔っぱらって水路に落ちちまって、それで溺れ死んだんだ」

「……それって先月のことですか？　西華門の近くで？」

水路と聞いて、思いあたることが螢那にはあった。

「ああ、そうだよ。……それがどうしたんだ？」

うなずいた瑠宇に、螢那は確信する。以前、淑妃のもとへ遊びに行く前に、遭遇したあの遺体こそが宗惟なのだと。

「あの遺体のことは、もともと不思議に思ってたんです。水路から引き揚げられた場にちょうど居合わせたんですけど、その腕には、ほとんど傷がなかったので……」

「傷って？　どういうこと、螢那？」

「普通、人は溺れると苦しくてもがくので、水死体は傷だらけになっていることがほとんどなんです」

無理やり祖母に見せられてきた水死体は、みなそうだった。

「それがないということは、水路に落ちたときには、もう亡くなっていたか、それともほとんど意識がなかったか……。シキミは神経を冒す毒なので、痙攣《けいれん》してすでに身体の自由が利かなくなっていたとしたら、暴れた形跡がないのもうなずけます」

螢那の言葉に、冬薇と瑠宇は顔を見合わせた。

「シキミの症状が出るのは、すぐにではなくてだいたい数時間経ってからです。あなただってそうだったでしょう？」

毒だからといって、すぐに効くとはかぎらない。あの酒を飲んだ直後はぴんぴんしていたとしても、不思議なことではないのだ。

「そう言われてみれば、たしかに寝る前に飲んで、腹が痛くなるのはいつも真夜中だった気がするけど……」

腑に落ちたのか、瑠宇は呆然《ぼうぜん》とつぶやいた。

まだ信じきれずにいる様子の瑠宇に、「水路に落ちたのはたまたまかもしれません
「だけど、そんな……」

が」と、前置きしてから螢那は話しはじめる。

「先ほども言いましたが、シキミは猛毒といえども、人間を殺すとなればそれなりの量を飲ませなければなりません。ですが毒が効く時間を見計らって呼び出せば、水路

に突き落とすのは簡単なはずです」

その上で犯人は、宗惟ならば遺体をたいして調べられないと考えたのかもしれない。普段から泥酔するほどの酒好きなら、たとえ水死体として揚がっても、酔った末のことと疑問に思われないと――。

「じゃあ本当に、宗惟は殺されたっていうのか？　だけど誰が？　なんのために……？」

「もちろん、八角を使おうとしてシキミが混ざってしまったという可能性もあるので、殺人ではなく事故かもしれませんが……。ただいずれにせよ、調べてもらおうにも、証拠がありません。あのシキミ酒は捨ててしまいましたし……」

「いや、まだあるよ」

「え、捨ててないんですか!?」

螢那は驚いた。瑠宇のように誤飲する人がいるかもしれないから、捨てるように言ったはずなのに。

「あんた、あれは消炎薬として使えるかもって言ってただろ？　捨てるなんてもったいないじゃないか」

あっけらかんと瑠宇は言ったが、冬薇はうろんげな眼差しを送る。

「どうせ、あとで売っ払うつもりだったんじゃないの？」

た者は当時何人もいて、顔見知りは多いのだという。

しかし蘭瑛は、宗惟のことは覚えていないようで、眉をひそめて瑠宇に答えた。

「たぶん、顔を見ればわかると思うのだけれど……。その宗惟が亡くなったの？」

「ひと月くらい前かな？　水路に落ちて死んだんだよ。そのときは酔っぱらって足を踏み外したって掖庭局に言われたんだけど、もしかしたら事故じゃなくて、誰かに殺されたかもしれないんだ」

「まあ」

物騒な話だと思ったのだろう。蘭瑛は口元を覆った。

「でも事件なら、掖庭局のほうできちんと調べているはずでしょう？　どうしてそう思うの？」

「実は宗惟さんの遺品のなかに、毒の酒があったんです」

「毒の酒……？」

「そうです。水路に落ちたのは、その酒を飲んだ後みたいで……。もしかしたら事故に見せかけるために、毒で殺害されたあと水路に入れられたか、そうでなければ身体が動かなくなったところを水路に落とされて溺死したのかもしれないって、螢那が言うので」

「あなたが――？」

たぶん蛍那のことは、突然叫び声を上げて逃げていった、おかしな女官という認識しかなかったのだろう。蘭瑛が驚いたように蛍那に視線を向けた。

「あ、いや、そうじゃないかってちょっと思っただけなんですけど……」

「……ずいぶん扱いが違うよな」

誇らしげな冬薇に、褒められるのに慣れていない蛍那が慌てていると、瑠宇がぼそりとつぶやいた。

「殺されたのが陛下の四夫人のひとりともなれば、そりゃあ一生懸命に調べるんだろうけどさ。だけど、宗惟のことだって、もう少し真面目に取り合ってくれたっていいじゃないかよ！」

瑠宇は我慢ができなくなったように叫んだ。

「なんなんだよ、あたしらは？　お偉方にとっては、しょせん虫けらってことかよ！　代わりなんて、掃いて捨てるほどいるって!?　もし殺されたんだとしても、こうしてうやむやにされてきた宮女や宦官は、これまでも山ほどいたんだろうね！」

博打などに興じている娘だが、情に厚いところがあるらしい。それに瑠宇も長い後宮暮らしで、心の奥に押しこめているものがたくさんあるのだろう。日頃からの鬱憤が爆発したように、そう吐き捨てた。

「……淑妃様は私たちをそんなふうに扱う方じゃないけど、ほかの勤め先では、そういう話はよく聞くわ」

思い当たることがあったのか、冬薇もうなずいた。

「あんたの新しい主も、どうせそうだったんじゃないのか？」

だから侶賢妃は恨みを買って殺されたのではと、瑠宇は暗に言った。怒るかと思ったが、蘭瑛は少しためらったあと落ち着いた声で答えた。

「侶賢妃様は……ひどい主人ではなかったわ」

「どんな方だったのですか？」

「そうね、無邪気な方だったわ。甘やかされて育ったお嬢様だったから、ちょっとわがままなところはあったけれど……。自分の望みに忠実で、よく振りまわされたものよ。でも悪気はないの。やさしいところもおありだったし……」

蘭瑛は、いろいろと思い出したのか、ふふ、と笑いをこぼした。

「そうそう。小柄な方だったんだけど、子供のころから甘いものが好きで、よく我慢ができずに隠れてお菓子を食べてしまうのよ。後宮に入ってからはとくに、なんでも美味しいからってずいぶんふくよかになってしまって……。少し痩せるよう、皇后様がお命じになっていたくらいよ」

乳姉妹ということもあって、ほかの侍女よりも側近《そばちか》くにいたのだろう。他愛もない思い出をぽつぽつと語る蘭瑛に、瑠宇は自分の失言に気づいたようだった。

「……ごめん、あんたも辛いよな」

瑠宇は謝ると、ふたたび口を引き結んだ。そしてふいに顔を上げると、「決めた」と螢那を見た。

「掖庭官たちが、ぐうの音も出ないような証拠を見つけて、突きつけてやる。意地でも宗惟のことを再調査させてやるぞ。もちろん、あんたも協力するよな！」

「ええと、はい」

当然のように言われ、螢那は反射的にうなずいてしまう。

「そういえば宗惟のやつ、つきあってる女がいたらしいんだよ。とりあえずその女に、死ぬ直前やつにおかしなところはなかったか話を聞きに行くぞ！」

瑠宇は一方的にそう告げると、螢那の腕をつかんで走りだす。

「あ、待ちなさいよ！　螢那を放しなさいってば！　あ、蘭瑛さん、じゃあ失礼します」

追いかけてくる冬薇の向こうに、こちらを見つめる蘭瑛が見えた。呆気にとられたような彼女の顔が遠ざかるのは、あっという間のことだった。

第八章　華妃娘娘の呪い

「あのう、宗惟さんがおつきあいされていたというのは、宮女の方……ということですよね？」

「ああ。たしか燕夕《えんゆう》っていって、尚寝局の女官に仕える宮女だって聞いたことがあるぞ。その女に話を聞けば、宗惟を殺したやつの手がかりがつかめるかもしれない」

尚寝局とは、後宮のなかでもおもに宮殿内の部屋や備品の管理などを司る部局である。

侶賢妃を殺した冤罪で斬首されてしまった秋琴も、同郷の宦官と恋仲だったというから、表には出なくても、そういう関係になる宮女と宦官はやはりそれなりにいるようだ。

「だけどさあ。正直あたしは信じられない気持ちもあるんだよね。あれほど博打と酒にのめりこんでいた宗惟に、女がいたなんてさ！」

「のめりこんでいた、ですか……？」

「ああ、本当に飲んで打つしか考えてないようなやつだったよ。あそこまでいくと、たぶん中毒だったんだろうなあ」

瑠宇の語る宗惟の人物像に、螢那の記憶に引っ掛かることがある。

そういえばひと月くらい前に、博打をする宦官の死霊を見たのは、宗惟の引き揚げられた水路の近くではなかったか。

あれからあの道は避けているので、現在もいるかはわからない。しかしあれは、宗惟の遺体が水路から引き揚げられた日だった気がする。

水死体は全体的に水で膨張して変貌しているものだし、死霊はかならずしも自分の死体のそばにいるわけではない。そのためこれまで結びつけて考えなかったが、あの死霊はもしかして宗惟だったのかもしれない。

「悪いやつじゃあなかったんだけどね。ただ酒や博打が絡むと、目の色が変わるときがあってさ。……たぶん、いろいろ忘れたいことがあったんだろうけど」

「忘れる？　なにをですか？」

螢那は訊ねたが、瑠宇はそれについて話すつもりはないようだ。

「ちなみに……宗惟さんは、頬骨がちょっと出ていて、唇の薄い方でしたか？」

「そんな感じの顔だったねえ。会ったことあるのかい？」

「その……私、宗惟さんの死霊を見たかもしれなくて……」

気味悪がられるかとは思ったが、嘘をつくのは嫌なので正直に告げる。すると瑠宇はあっけらかんと言った。

「へえ。あんた、そんな特技を持ってんのかい？　いいなあ」

いいなあ？

はじめて受ける反応だと思いながら、螢那はぶんぶんと首を振る。

「いやいや、ぜんぜんよくないですよー！　惨殺された血塗《ちまみ》れの死霊とか、首吊りで首が伸びた死霊とか、見たって楽しくないですからね！」

「いいや、見れるもんならあたしだって見たい。だって、死んだ奴に会えるってことだろ？　あんたずるいよ」

ずるい――。嫌だとばかり思っていたのに、そんな考え方もあるのか。そう螢那は驚いた。

「……瑠宇には、会いたい方がいるんですか？」

「いる。でも誰だって、そんなやつのひとりくらいいるもんだろ」

会いたい人――。

『ちなみに、ここにはいるのかな？』

螢那はなぜか、先日寂れた茈薇宮で会ったとき、そうつぶやいた侑彗を思い出した。

もしかしたら、彼にも、そんな人がいたのかもしれないと。

しかし母の死に顔が脳裏に浮かべば、螢那は素直に瑠宇のような考えはできない。大切な人であればあるほど、変わりはてた姿を見るのは、つらくて心が持ちそうにないからだ。

なにより螢那は、母が惨たらしく死にゆくときになにもできなかった。それなのに、いまさら母にどんな顔で会えばいいのだろう――。

そんなことを考えていると、尚寝局に向かう途中で、尚食局《しょうしょくきょく》へ立ち寄ってくれていた冬薇が戻ってきた。

「知り合いに調べてもらってきたわよ！　やっぱりここ数カ月の間に、八角酒を造った記録はないって」

「そうですか……」

宗惟が故意に殺されたにしろ、不幸な事故だったにしろ、もしシキミ酒の出所がわかるようならば難しい話ではない。そう考え、まずは後宮でもっとも八角を取り扱っているはずの尚食局に確認してもらったのだが、やはり無関係のようである。

しかしそうなると、シキミについては地道に聞きこんでいくしかない。一般的な香辛料である八角と偽られれば、所持に制限もなく、誰でも後宮に持ちこめるものだ。掖庭局が協力してくれれば可能かもしれないが、これを螢那たちだけでやるとなると気の遠くなるような調査である。

「シキミの来歴から調べるのは、やはり厳しそうですね。とりあえず、その燕夕さんに話を聞いてみましょう。なにかわかるかもしれませんし」

しかしそう話しながら尚寝局へとやってきた三人は、そこで思ってもみない事態にぶつかった。

「燕夕ですって？　知らないわよ！」

宗惟がつきあっていた女がどこにいるか訊ねただけで、同僚と思われる宮女たちがそう声を荒らげ、すぐに駆けていってしまうからだ。

「なんなんだ、いったい？」

「どうしたのかしら。……あ、すみません！」

瑠宇が呆気にとられている間にも、冬薇がまた違う宮女へと声をかける。しかしその者も、やはり怯えたように逃げていってしまう。

ようやく話をしてくれる女官を見つけたのは、尚寝局に入ってすでに一刻《十五分》以上経ったころだった。

「燕夕は、亡くなったんだよ」

「亡くなった？」

「そうだよ。倉庫が火事になってね。そこから彼女の遺体が発見されたんだ」

稜霞《りょうか》と名乗ったその年嵩の女官は、燕夕の上官にあたる女性だという。螢那たちの問いに、青ざめた顔で答えてくれる。

「倉庫の火事って……、もしかして春先のかよ？」

「そういえば亡くなったのは、尚寝局の宮女って聞いてたわ！」

稜霞の言葉に、はっとなにかに気づいたように瑠宇と冬薇は反応した。

「そうさ。宮女用の帳《とばり》とか季節ものを保管している倉庫が火事になってね。掖庭局には、燕夕の持っていた手燭《てしょく》の火が燃え移ったんだろうって言われたけど、火事に気づいた宮女たちは、みな口々に倉庫が紫色の炎に包まれているのを見たって言うんだ。紫色っていったら、ほら、ねえ……」

「華妃娘娘の呪い？」

「……また呪いですか」

ぞっとしたようにつぶやく冬薇の横で、螢那はげんなりした。

「つまり、華妃娘娘の呪いとやらを怖れて、さきほどから誰も燕夕さんのことを話してくれなかったということですか？」

「そうだろうね。かく言う私も恐ろしいんだ。倉庫が紫色に燃えるなんてね。だから悪いけど、もう放っておいてくれ――」

「ああ、もう！」

呪われたくない――。そうつぶやいた稜霞に、だんだん腹が立ってきた螢那は叫んでしまう。

「どいつもこいつも、ですよ！　どうして後宮《ここ》の人たちは、そう呪いが好きなんですか!?」

「いや、好きなわけじゃないだろ……」

瑠宇が突っこんだが、螢那の耳には入らなかった。

「だって、燕夕さんが……人がひとり亡くなってるのは事実なんですよね？　どうして『呪い』なんて言葉で、簡単に片づけようとするんですか！」

そう口にしながら、螢那は先日の侑彗の言葉を思い出す。

『でも、呪いだ、まじないだと騒ぐ人間は、はじめから考えることさえ放棄しているからね』

思考停止だと彼の言ったとおりだ。

ひとたび呪いと思うと、みな恐れながらもそれを受け入れ、それ以上なにも考えなくなってしまう。それはなんて、もどかしいことだろうか。

「どうした、あんた……？」

日頃のんびりしている螢那の剣幕に、瑠宇と冬薇が目を丸くする。

「怒ってるんですよ！　いいですか？　呪いなんてこの世に存在しないんです!!」

螢那は断言すると、きっ、と稜霞をにらみつけた。

「ひとつだけお伺いしますが、燕夕さんはどこか身体の調子が悪いところはありませんでしたか？　血のめぐりが悪いとか」

「い、いや、そんなことは……。まだ若かったし」

稜霞が呆気にとられた様子ながらも答えると、螢那はうなずいた。

「ちなみに、若いというと……？」

「たしか二十四だったと……。もうすぐ後宮を出て故郷に帰ることになっていたからね」

その直前に、命を落としてしまったということか。そう思ったら、なおさら燕夕を憐れに感じた。

「証明してみせます」

「証明？」

「その火事は呪いなんかじゃないって、私が証明してみせます。そうしたら、燕夕さんについて詳しい話を聞かせてくれますよね!?」

「そりゃあ、あれが呪いでないなら……いくらでも話すけど」

「その言葉、忘れないでくださいよ!?」

気圧《けお》されたようにうなずいた稜霞に、螢那はそう言い放って尚寝局を飛びだしたのだった。

＊

「螢那、待ってよ！　どこに行くの？」

追いかけてきた冬薇が、螢那の手を取った。

「薬房です」

「薬房？　えっと、どうしてそんなところに？　というか、あんた、目が据わってるわよ？」

「いけませんか？　人がふたり殺されているんですよ？　目ぐらい据わりますよ！」

「ふたりって……ちょっと待て。宗惟だけじゃなくて、燕夕も殺されたってことかよ……」

追いついた瑠宇が愕然《がくぜん》とした顔で螢那を見た。

「だって、同じ時期に関係のあったふたりが死ぬなんて、偶然にしてはできすぎてますよね？　それに燃えた倉庫は、帳とかを保管してたものっていうじゃないですか。でしたら、少なくとも倉庫は故意に燃やされたとしか思えません。そんじょそこらに、あれはありませんからね！」

「あれ？」

『そもそも後宮への毒物の持ちこみは、厳しく監視されているからね』

螢那の脳裏に、侑彗の言葉が浮かぶ。

あれは毒物ではないけれど、そもそも扱いが難しいので、誰でも簡単に所持できるというものでもない。もし後宮で手に入れられるとしたら、薬房くらいだろう。あれは消炎効果などがある生薬でもあるのだから。

「っていうか、華妃娘娘の呪いって、いったいなんなんですか？」

この後宮に入ってから、幾度その言葉を耳にしただろう。呪いになど興味がないため聞き流していた螢那だったが、さすがに気になって訊ねた。

「……華妃娘娘っていうのは、皇帝陛下の若いころに実際にいらっしゃったお妃様らしいわ。陛下の御子を身籠もられたんだけど、ある日突然妖物を生んだってされて、冷宮に幽閉されてしまったらしいの。それで失意のうちに亡くなったって聞いたことがあるわ」

「そうそう。それから後宮で不幸があるたびに、華妃娘娘の呪いって言われるようになったのさ。なんでもその華妃は、住んでいた宮殿に見事な百日紅が咲いてたらしくて、紫色が好きだったんだってよ。それで紫色っていったら、『華妃娘娘の呪い』ってことになったらしいぞ」

螢那はふたりの話にあきれてしまう。

「妖物を生んでって……そんなことあるわけないじゃないですか。人が生めるのは、人だけですよ」

しかし螢那は合点がいった。ようするにみな、華妃娘娘が妖物を生んだなどとはさすがに信じていないのだ。だからこそ、華妃が恨みを募らせ、人々を呪ったとしてもおかしくないと思っているのだろう。

しかし、だとしても呪いだなんてとんだ言いがかりである。

「とうに亡くなった方が、いまも後宮の人たちを呪っているなんてあるはずないじゃないですか」

「今上皇帝は、信心深いというか……ほら、迷信深い方だから」

皇帝を非難する言葉を口にしているところを聞かれたら、斬首になりかねない。冬薇が、言いにくそうにささやいた。

「なんでも、その華妃娘娘が出産する際、後宮中に怪事が続いたんだってさ。池の魚がみんな死んじまったり、大木に雷が落ちたり——。それで陛下は怖がって、妖物が生まれたって思いこんだんだってよ」

「池の魚——？」

それは先日、侑彗から聞いた話ではなかったか。そういえばあの迷いこんだ宮殿の扁額には、茈薇宮と記されてあった。

『この宮殿に入ると、呪われるそうだからね』

たしか百日紅の別名は、紫薇《しび》花《か》と言ったはず。ではあの寂れた宮殿が、華妃娘娘の宮殿だったのか。

「それって、いつの出来事ですか？」

「そんな昔のことわかるかよ」

瑠宇はげんなりとした表情を浮かべたが、冬薇はあっと声を上げて言った。

「私、知ってるわよ！　ええと、前の皇太子様——皇后さまの御子が生まれるほんの少し前のことだから……二十四年前かしら？」

二十四年前……。

「でも実際、華妃娘娘が死んだあと、後宮では原因不明の病で倒れたり、流産する妃嬪が続いたりしたらしいぞ。しかも最後には、皇后の生んだ皇太子まで死んじまってさ。皇帝陛下にとって、たったひとりの御子だったのに」

それで皇兄の子にあたる侑彗が皇帝の養子に迎えられ、皇太子に立てられたというわけらしい。

だけど、呪いなどこの世に存在しないのだ。だとしたら、その「呪い」の正体は、いったいなんなのだろう。

たんに不幸が続いただけなのか。それとも——。

「だけど、その華妃娘娘がお生みになったっていう御子だって、無事に育ってないんですよね？　だとしたら、華妃娘娘は呪った本人ではなくて、被害者のひとりではないんですか？」

皇后の生んだ前の皇太子が『皇帝陛下のたったひとりの御子』ならば、やはり華妃娘娘の子は生きていないのだろう。死産だったのか、それとも考えたくないが妖物とされて殺されてしまったのか――。

「たしかにそうとも考えられるな」

頭を掻《か》いた瑠宇は、はじめてそのことに思い至ったようだ。やはり人は、ひとたび「呪い」と思いこむと、それ以外の可能性を排除してしまうらしい。

しかし茈薇宮の池で魚が死に絶えた怪事は、たんに大量の塩が池に投げこまれただけだと、螢那は確信している。雷も、これから薬房に取りにいくものを使えば同じような現象を作りだすことは可能だ。

だとしたら、華妃娘娘は誰かに陥れられたのではないか。

『僕はね、呪いというのは、人の心が作りだすものだと思っているんだ』

「呪いは、人の心が作りだすもの……」

だとしたら、いったい誰の思惑が、後宮にこうも大きな呪いを生み出したのだろうか。

『琰王朝にかけられた呪いを解き、世継ぎ問題を解決できるのは巫女のみ』

もし高祖の予言とやらが、いまの後宮の状況を示唆しているのならば、まぐれなのか、それとも高祖にはなにか思い当たることがあったのか。

妖物を生んだとされる華妃娘娘。

流産した妃嬪たち。

夭折《ようせつ》した皇太子――。

どこまでが人為で、どこまでが偶然なのかはわからない。しかしとにかくこの後宮では、世継ぎがなかなか生まれない、もしくは育たないらしい。

もしかして侑彗が、誘拐してまで螢那を後宮に連れてきたのは、世継ぎとして立てば、自分にも危険が降りかかると恐れてのことだったのだろうか。

「ああ、もう」

螢那は首を振った。

いまはそんなことを考えるときではない。まずは燕夕のことを確認するために、あれを手に入れなければ。

あれ――すなわち硝石を。

「出ていけー！」

しかし、御膳房の並びにある薬房へと入った螢那は、一刻もしないうちに老薬師の怒りを買って追い出されていた。

「なぜに？」

「なぜにって、螢那……」

蹴られた尻をさすりながら首をかしげた螢那に、冬薇があきれたように言葉を切る。

「もっとほかにうまい言い方があっただろう……！」

「ええ？」

瑠宇にまでそう言われて、螢那は自分の言動を反芻《はんすう》する。

『春先の倉庫の火事で宮女がひとり亡くなった件で、ここから盗まれた硝石が使われたと考えられます。それを証明しないとならないので、少しわけてください』

「事実をそのまま述べただけですが……」

おかしなことを言ったつもりはないが、しかし老薬師は『わしが生薬をきちんと管理してないとでも申すのか！』と怒りだしてしまい、螢那たちは薬房から叩きだされてしまったのだ。

「はじめから決めてかかられたら、そりゃあ怒るわよ」

「ええ!?　でも、硝石を手に入れられるとしたら、薬房くらいしかないですし」

不老不死を研究している道士でもいれば所持しているかもしれないが、道観だった玄冥殿がすでにその機能を失っている以上、ほかに考えられない。

しかし山奥の庵で祖母と二人きりで暮らす期間が長かった螢那は、瑠宇の言うような『うまい言い方』がよくわからないのも事実だ。祖母に預けられてからというもの、他人と接する機会が著しく少なかったので、相手の心情の機微を読んで器用に立ちまわるというのが、どうも苦手なのだ。

「婆《ばあ》さまも、死霊とばかり対面させずに、もっと人間との話し方とかを教えてくれればよかったのに……」

螢那はため息をついた。祖母も侑葺と同じ、舌先で相手を丸めこむことにかけては天才的な人だったからだ。

嘘はともかく、あんな理不尽な巫女教育などよりは、孫娘が生きていく上でもっと役に立つ知恵や知識がほかにいっぱいあったのではないだろうか……。

「どうするのさ。ああなるとあのじいさん、テコでも動かないぞ？　それがないと尚寝局の女官たちに証明できないんだろ？」

瑠宇の言葉に、螢那はうーんと悩んだ。

「ほかにも手に入りそうな経路《ルート》がないわけではないんですけど、正直あまり関わりたくないんですよねー」

「なんだよ、歯切れが悪いな」

「……まあでも、仕方がありませんよね。背に腹は替えられません」

螢那は不本意に顔をゆがめながら、最後にはそううなずいたのだった。

第九章　呪いの炎の正体
「うれしいよ、螢那。君が僕を頼ってくれるなんて」
尚寝局への道を急ぐ螢那の横で、きらきらした目で彼女を見つめつづける侑彗が言った。
「君から何かをねだられるなんて、はじめてだからね。僕がどれだけうれしかったか
君にわかるかい？」
わかるわけがない。頼んだら倍にしてなにか要求されかねない。今回だって、苦汁
の選択だったのだ。
というか、さきほどからぴったりとついてくる彼にずっと手を握られている。その
せいで歩きにくいことこの上なかった。尚寝局までまだ距離があるというのに、この
まま行かなければならないのかと思ったら、螢那はすでに疲れきっていた。
「あのですね……」
やはり首を突っこまれることになってしまった。そうため息をつきながら、たまら

ず螢那は口を開いた。

「なんだい？」

「侑彗殿には、ついて来ていただかなくて結構なんですが……」

遠まわしに来るなと告げてやるが、この侑彗には通じない。

「つれないことを言わないでくれ」

そうささやいて、ますます距離を詰めてくる。螢那の言いたいことはわかっているだろうに、彼が気にする様子はない。

「いや、そうではなくてですね――」

「いらないのかい？　硝石」

そう返されてしまえば、口をつぐむしかない。

だから彼に頼みたくなかったのだ。背に腹は替えられなかったとはいえ、面倒くさいことになったものである。

「そうだ。ほかに欲しいものはない？　生薬もいいけど、もっと君を飾るものもあっていいと思うんだ。金襴《きんらん》の織物でも、珊瑚《さんご》の耳環《じかん》でも、いや、もちろんそのままでも、君はじゅうぶんきれいだけどね」

「いりませんー」

すでにあきらめの境地に立ちながら、どうにかそれだけ答える。

一介の女官がそんなものを持っていたら、盗んだのかと怪しまれるだけではないか。内心でそう毒づきながら、螢那ははやく尚寝局に着いてくれとばかりに無心で足を動かした。

「それにしても、最近君があまり淑妃のところに顔を出さないと思っていたら、ずいぶん面白いことに関わっていたんだね」

そんな螢那の反応を楽しんでいるのか、侑彗は笑いをかみ殺しながら言った。

「どこにいても、結局事件に巻きこまれるのが君の運命なのかもね。なんだかんだ言って、不合理を放っておけない性格だからかな」

「違いますー。この後宮が碌《ろく》でもないところだからですよ。死霊も人死にも多すぎるんですよ」

「あはは。たしかに後宮《ここ》以上に、魑魅魍魎《ちみもうりよう》のうごめいているところなんてないだろうね。でも僕は君となら、なにが起きても乗り越えていけると思うんだ」

「勝手な幻想しないでくださいー」

よくここまで肯定的に考えられるものだと、螢那はあきれてしまう。夢は寝ているときに見てくれと。

「……なんなんだい、あれ？」

背後では、ふたりのやり取りに呆気にとられたらしい瑠宇が、冬薇に耳打ちしている。今日も侑彗は、目立たないよう宦官の格好をしているからだろう。瑠宇は彼の正体にまだ気づいていないようだ。

「馴《な》れ馴《な》れしいやつだな」

案の定瑠宇はそうつぶやくと、螢那たちのほうに駆け寄ってきて、侑彗の肩をつかんでくる。

「あんた、螢那が嫌がってるのが見てわかんないのかよ？　彼女困ってるだろ」

瑠宇の非難に、侑彗はくるりと振り返った。顔に貼りつけたかのような笑みはうさんくさいことこの上ないが、瑠宇はまだそれについてはなにも感じていないらしい。

「君こそ見てわからないかな？　螢那は照れているだけだって」

いいえ、違います。螢那が口にする前に、瑠宇が代弁してくれる。

「はあ？　違うだろ？　あんた――」

「君が瑠宇だね？」

「お、おう？」

ずいと近づけられた侑彗の、無駄に整った顔に気圧されたように、瑠宇がうなずいた。

「うれしいよ、螢那に新しい友達ができたなんて。これからも彼女と仲良くしてやってくれ」

まるで自分のほうが螢那と親しいとばかりに、上から目線の発言をかます。そして侑彗は、瑠宇に反論する間を与えずに、「ちょっと待っててくれ」と螢那に笑みを向けた。

「え、ちょっと侑彗殿！　瑠宇をどこに連れていくんですか？」

螢那は瑠宇を建物の陰へと引っ張っていく侑彗を呼び止めるが、彼はどこ吹く風である。

そして戻ってきたとき、瑠宇はなぜか借りてきた猫のように大人しくなっていた。

「ど、どうかしたんですか？」

「いや、なんでもない……」

「なんでもないって――」

答えようとしない瑠宇に螢那が目を瞬かせていると、侑彗がまた笑った。

「君を殺人事件に巻きこんだんだろ？　冬薇の話で、少し素行も気になったから、君に無体なことをしないよう注意しただけだよ。そうだろう？」

侑彗に同意を求められ、瑠宇は壊れた人形のようにこくこくとうなずいた。

「さあ、行こうか」

上機嫌に促してくる侑彗は、いったい瑠宇になにを言ったのか。

「あいつ、ぜったいカタギじゃねえぞ」

侑彗の隙を見て、瑠宇がぼそりとつぶやいた。

それには同意だが、同じくカタギと思えない瑠宇が言うからにはよほどなのだろうと、螢那は頭が痛くなったのだった。


「いいですか？　よく見ていてくださいね？」

尚寝局に到着すると、螢那は中庭の四阿にある石卓に着いて、持ってきたものを取り出した。

「これは硝石という鉱物と、細かく砕いた木炭を松脂《まつやに》で練ったものです。危ないので、ちょっと離れていてくださいー」

集まった女官たちに告げて、磁器の碗《わん》に入れたそれに火をつける。するととたんに激しい炎が上がった。

「……紫の火だ」

集まっていた女官のひとりが呆然とつぶやいたとおり、それは淡紅色にも見える紫色の炎だった。

「これが呪いの正体です。硝石は燃やすと、紫色の炎で激しく燃える性質があるんです」

すぐに燃《も》え滓《かす》となったそれを指さし、螢那は言った。

「じゃあ、あの火事は華妃娘娘の呪いじゃなかったの？」

「違いますー」

「っ、なんだい！　怖がって損をしたよ！」

螢那が断言すると、ひとりが叫んだ。とたんにみな緊張が解けたかのように、詰めていた息を吐きだした。

「なんだ。じゃあ、掖庭官たちが言うとおり、たんなる火の不始末だったたってことなんだね。だけど、あんな惨たらしい亡くなり方をするから、てっきり私は……」

「惨たらしい？」

稜霞の物言いに螢那が反応すると、彼女ははっと口をつぐんだ。しかし腹を決めたように語りはじめる。

「……そうだよね、呪いじゃないんだから、話しても大丈夫だね。実は燕夕の遺体は、ただ燃えていただけじゃなくて、焼け落ちてきた梁《はり》で首のあたりがつぶれてたんだよ……」

「……もしかして、首の骨が折れて、頭部と身体が離れ離れになってたってことですか？」

「そうさ。考えるだけで可哀想《かわいそう》だろ？　焼け死んじまったってことだけでも辛いのに

「……」

稜霞はそう言って涙ぐんだ。

この国では、親からもらった身体を傷つけることは最大の禁忌と言われている。そのため死んだ身体が損壊されることは、これ以上ない悲劇とされているからだ。

「いい子だったのにね。病気のお母さんの薬代が必要で後宮に上がったって話しているのを聞いたことがあるわよ」

「私もそれは聞いたわ。実家のお父さんが暴力的で、誰も頼れないって。だからあの子、すごい男嫌いでねえ……」

「男嫌い？　宦官の宗惟とデキてたんじゃないのかい？」

「まさか！　あんな真面目な子にかぎって、そんなことあるわけないじゃない！」

どういうことだろう。口々に否定する女官たちに、螢那は瑠宇と顔を見合わせた。

「それにもし後宮のなかに相手がいるなら、もうすぐ故郷に帰れるなんて、うれしそうに話すわけないでしょ？　弟妹たちにいっぱい土産物を買って帰るんだってはしゃいでたわよ」

宮女として勤めている間に、こつこつと給金を貯《た》めていたのだろうか。博打にうつつを抜かしていた宗惟とは違う、堅実な性格のようだ。

「あ、でもあの子、ときどき仕事をさぼって抜け出してたじゃない？　やっぱりつきあっている人がいて、逢引きしてたんじゃないの?」

「ええ!?」

女官のひとりはそう言ったが、ほかの者たちはやはり納得がいかないらしい。

「つまり、尚寝局で宗惟さんらしき宦官を見た方は、どなたもいらっしゃらないということですね?」

螢那が問うと、稜霞をはじめとする女官たちはみなうなずいたのだった。

＊

結局、生前の宗惟について話を聞くことはできず、ふたりがつきあっていたのかもわからないまま、螢那たちは玄冥殿へと戻ってくるしかなかった。

「紫の炎の証明ができたのはいいけど、燕夕が男嫌いだったっていうのは本当なのかねえ」

仕事で東宮に戻らなければならないという侑彗が消えたとたん、瑠宇はようやく呼吸ができたとばかりに、いつもの調子でしゃべりだした。

「あんた、すっかりもとに戻ったわね」

「戻っちゃ悪いのかよ!?」

　すがめた眼差しを送る冬薇に、瑠宇は反論した。

「もう少し大人しいままでよかったのに」

「余計なお世話だよ！　つーか、あんた。あんな恐ろしい男と、よく一緒にいられるよな。まさかあんなのが当代の皇太子だなんて」

「……いったい、侑彗殿になにを言われたんですか？」

　一緒にいるのではなく、付きまとわれているだけだ。そう思いながら螢那が訊ねると、瑠宇はそれには答えずうらめしげにつぶやいた。

「あいつはとんだ悪党だぞ」

「ええと、それは否定しませんけど」

　なにせ螢那をここに拉致してきた誘拐犯なのだから。

「わかってて、あんた！　どうしてそう平然としていられんだ!?」

　螢那が後宮に入ることになったいきさつを話すと、瑠宇は目を剝《む》いた。

「まあ、実害はあまりありませんしー」

「拉致されておいて？」

　瑠宇に信じられないと言わんばかりの視線を向けられる。どうやら螢那の感覚も、だいぶ麻痺《まひ》しているらしい。

「それにしても、本当に宗惟と燕夕のふたりともが殺されたのなら、やっぱり犯人は同一人物ってことかしら。別々の人間に殺されたって考えるには、たしかに偶然がすぎるわよね」

冬薇がぶるりと震えた。しかし偶然がすぎるという言葉にはうなずくが、殺害犯が同じとはかぎらないと螢那は思った。

「ふたりがつきあってたのかもわからなかったし、謎が増えただけだな」

「そうでもないですよ」

ため息をついた瑠宇の言葉を、螢那は否定した。

「尚寝局では宗惟さんらしき姿を見たことはないと、みなさん言っていましたよね？ でも瑠宇は、たしかにふたりはつきあっているっていう噂を聞いていたのでしょう？」

「あ、ああ。皇后宮の宮女たちは、たしかにそう噂していた」

「尚寝局の方々は、宗惟さんの姿は見たことがないとは言っていましたけど、燕夕さんがたびたび仕事を抜け出していたのは事実のようです。ということは、ふたりはいつも、皇后宮、もしくは皇后宮の宮女たちが行くようなところで、会っていたということじゃないでしょうか」

「じゃあ、やっぱりふたりは、こっそりつきあってたってことか？ ……って、もしかして痴情のもつれってヤツじゃないか？ 別れ話をもちかけられた宗惟が、逆上して燕夕を殺して、それから後追い自殺したっていう。どうだ？ それなら辻褄《つじつま》はあってるだろ？」

　自分の推理に自信があったのか、瑠宇は胸を張って主張する。

　たしかにシキミの来歴がわからない以上、宗惟が自分で持ちこんで飲んだ可能性も否定できない。

　しかし螢那は、どや顔をする瑠宇に首を振った。

「だとしたら、硝石の説明がつかないんですよー」

「説明がつかない？」

「……ずっと不思議だったんです。犯人は、どうして硝石なんて使ったんだろうって」

「……どういうことだい？」

　そもそもですよ？　と螢那はふたりに言った。

「燕夕さんは、焼死だったのでしょうか。それとも殺されたあとに、犯人が遺体を焼いたのでしょうか」

「どういう意味、螢那？」

「ただ焼き殺すだけなら、硝石なんていりませんよ。殺人の証拠を消したかったのだとしても、油を撒くのでも充分でしょう？　なのにわざわざ硝石を使うなんて、なにを考えていたのでしょう」

「なにって……」

「もしかしたら本当に、燕夕さんを殺したのは宗惟さんなのかもしれませんが……」

口ごもる瑠宇と冬薇にかまわず、螢那は縁石に座りこんだ。

「私が西華門の近くで見た死霊が宗惟さんだとしたら、どう考えても殺害するほどに『好きな女性』がいたようには思えないんですよね」

あれは博打のことしか考えてないような死霊だったと螢那は思う。

「それに、あの薬師の目を盗んで、倉庫を燃やす火を紫色に見せるだけの硝石を手に入れられたのかも疑問ですし」

『わしが生薬をきちんと管理してないとでも申すのか！』

そう叫んだ老薬師からは、頑固で生真面目な性格がうかがえたからだ。在庫が減っていたら、彼ならばすぐに気づくのではないだろうかと。

うーんと、螢那がうなったときだった。背後の門から、ばらばらと宦官が入ってきた。

「な、なんだい？」

普段から後ろ暗いところがあるからか、瑠宇が上ずった声をもらす。しかし宦官たちが取り囲んだのは、彼女ではなく螢那だった。

上官と思われる宦官がひとり進み出て、螢那に質す。

「おまえが、太常寺の女官――螢那だな？」

「はい、ええと、太常寺というより、太卜署の女官ですが……」

「――捕らえろ」

ためらいながらうなずいた螢那を見下ろし、その宦官は配下に向かって無情に命じたのだった。

第十章　イカサマ師か、それとも死か

「そなたが太卜署の女官とやらか」

後ろ手に縛られた格好で毛氈《もうせん》に転がされた螢那は、肩が攣《つ》りそうになりながら声の主に顔を向けた。

退屈そうに御座《ぎょざ》に頬杖《ほおづえ》をつくその貴人は、金襴の襦衣《じゅい》をまとい、高く結いあげた艶やかな黒髪に玉で飾りたてた宝冠を燦然《さんぜん》と輝かせていた。

これが今上皇帝の皇后――韻蓉《いんよう》かと、螢那が目を丸くしたときだった。

ガリッ！　ガリガリッ――！

皇后が卓上の銀器をあおったかと思うと、なにかを嚙み砕く音が響いた。

どうやらなかに盛られていたのは氷菓子のようだ。

おそらく冬の間にできて氷室に保存しておいたものを、後宮まで運び入れているのだろう。夏場には最高のぜいたく品である。貴重なそれを惜しげもなく食べられるとは、さすが皇后というべきだろうか。

んなぜんぶ『呪い』のせいにして終わらせてしまうのか、不思議でしょうがなくて……」

「なに？」

「呪いなんて、この世にあるわけないじゃないですか。なのに、事件があっても『呪い』だって騒いで、ロクに調べも解決しようともしないのが理解できないんです－。春先に焼けた倉庫で見つかった燕夕さんのことだって、華妃娘娘の呪いで死んだなんて、みんな勝手に噂しているんですよ？　だから私は、その呪いの謎を解こうとしただけで――」

そのとき、皇后の顔色がふっと変わった。

急に立ち上がったかと思うと、彼女は御座から去りながら一言告げる。

「――この娘の首を刎《は》ねよ」

「はいい？」

螢那は、皇后の言っていることがすぐには理解できなかった。

いったい、なにが起きたのだろうと――。

＊

「どうしてこんなことになったのでしょう？」

手を後ろで縛られたまま、螢那はぼやいた。

宦官たちに皇后のところに連れていかれたと思ったら、牢《ろう》に投げ入れられ、そして今度は真っ青な空の下に引き立てられている。

目まぐるしく状況が変わり、ついて行くのもやっとだ。それなのに強烈な晩夏の太陽は、薄暗い牢に慣れていた螢那の目を容赦なく射てくる。

『妖言をもって後宮に混乱をもたらした。よって斬首に処す』

なぜかはわからないのだが、それが螢那の罪状らしい。

「妖言って……私なにか言いましたっけ？」

身に覚えがいっさいない。しかし、とにかくその妖言とやらの罪で、螢那はこれから首を斬られてしまうというのだ。あまりに急で、まったく現実感がなかった。

しかし後宮内の広場に置かれた細い丸太の台を目にすれば、さすがにのんびり屋の螢那も心臓がバクバク激しく脈打ちはじめる。

「こ、これは、本当に処刑場ですー」

子供のころ、ふもとの村で行われた処刑を、一度だけ見たことがある。たしか罪人は、あの細い台を抱くようにうつ伏せに寝かされて、台からはみ出た首をころんと落とされるのだ。

「私、本当にここで首を斬られてしまうのでしょうか……」

周囲には、処刑を見物しようと多くの宮女や宦官たちが集まっている。しかし螢那には、そのざわめきがひどく遠くに聞こえた。

どうしていいかわからないまま、宦官によって強引に腹を台に押しつけられる。すぐに首を斬られるのかと身構えたが、どうやらこのまま皇后の到着を待つようだ。なかなかの生殺し状態である。

首が落ちる様がよく見えるようにか、皇后の席は処刑台の真横に設けられている。ゆったりと登場した皇后がそこに座ったのは、それから間もなくのことだった。

実に楽しそうに頰杖をついた皇后の前には、すぐに氷菓子を入れた銀の器が運ばれてくる。よっぽどの大好物なのだろう。今日もそれをガリガリと嚙み砕くと、果汁を使っているのか、柑橘類《かんきつるい》のさわやかな香りが場違いに香った。

「そなたには不運であったなあ。余計なことを考えなければ、長生きできたかもしれぬのに」

「あのう……、私、いまだにどうして首を斬られるのかわからないんですが……」

「わからぬのか！　ほほ！」

面白い冗談を聞いたとばかりに皇后が笑った。螢那がもう死ぬからか、直答についで咎《とが》められることとさえなかった。

「まあ待て。侑彗の目の前で首を斬ってやろうではないか」

「つまり私は、侑彗殿のせいで首を斬られるんですか？　なんだか、ものすごいとばっちり感があるんですが……」

なんという不条理だろう。ふたりの間になにがあったかわからないが、どうして螢那が巻きこまれなければならないのか。

しかも肝心の侑彗はいまになっても姿を現さない。

そもそも侑彗は、螢那をこの後宮に拉致してきた張本人だ。彼さえいなければ、螢那はいまも山中の庵で平穏に暮らしていたはずなのに。

そう考えると恨み言のひとつでも吐いてやりたいが、未練を残して死ねば死霊になる。それは避けたいと思っていると、ガリガリと氷を噛む皇后の向こうに、燦々《さんさん》と輝く太陽が見えた。

「……運がいいのでしょうか、それとも悪いのでしょうか……」

今朝、半地下にある牢のなかからわずかに見えたときの日輪を思い出し、螢那はため息をついた。

この場を切り抜けられるかもしれない方法が、ひとつだけあるからだ。

だけどそれをすれば、螢那は完全にイカサマ師の仲間入りだ。

それでも、死ぬよりはいいのだろうか。

血塗れになった母の死に顔が脳裏に浮かんだ。

望んでイカサマ師になっていた母は、結局最後は人の怨《うら》みを買って殺された。螢那も、たとえいまイカサマ師にならないだとしても、やがていつかそれによって命を落とすのではないだろうか。

しかも、より無惨な方法で――。

「なんぞ言ったか？」

それでも螢那が「皇后様――」と口を開きかけたときだった。

「――お待ちください、皇后様」

割りこんだのは、場違いなほど涼やかな声だった。

「遅かったではないか、侑彗よ――」

しかし侑彗へと視線を向けた皇后の顔色が、そこで一変した。

「へ、陛下。なぜここに――」

陛下――？

皇后の狼狽《ろうばい》した声に驚き、螢那は振り向こうとした。しかし処刑台に押さえつけられている状態ではそれは叶わない。

「なぜもなにも、侑彗から、そなたが無実の者を処刑しようとしていると聞いたのだ。事実《まこと》なのか？」

皇后は立ち上がり、皇帝から顔を背けて言った。

「これは後宮内のこと。皇后たる妾にお任せくださいませ」

「そうは言ってもだ、皇后よ……」

きっぱりと皇后に拒絶され、おろおろとした声が聞こえる。どうやら皇帝は気の弱い性格で、皇后に強く言えない質《たち》らしい。

ようやく動けない螢那の視界にも、侑彗に支えられ、足を引きずりながら歩く壮年の男性の姿が入ってくる。

後宮に入って数ヵ月が経とうとしていたが、螢那がその姿を目にするのははじめてだった。

直接見るのは無礼らしいので、こっそりと視線を向けた瞬間、螢那は驚いた。

並んでいるふたりの顔が、あまりに似ていたからだ。もちろん叔父と甥《おい》である以上、皇帝と侑彗が似ていてもおかしいわけではないけれど――。

「皇后よ。なにもこんな血なまぐさいことをせずともだな、この娘もそれほど大きな罪を犯してはおらぬと思うのだが、いや、そなたの気づかいは余も重々に理解しておるのだが、それにしてもだ……」

皇帝の歯切れ悪い口上に苛立ったのか、皇后はそれを遮って言った。

「いいえ、陛下。妖言を弄し、後宮を混乱せしめんとするなど、この国に仇《あだ》なそうとする反乱分子に相違ありませぬ。妾の行いは、すべて陛下の御ため――」
　そこまで言いかけたところで、皇后は言葉を切った。突然侑彗が、笑いだしたから
だ。
「妖言などありえないことですよ。なにしろ彼女は、嘘が大嫌いですからね」
　こちらに向けられた意味ありげな微笑みに、螢那はむっとした。誰のせいでこんな
目にあっているのか、わかっているのだろうか。
「この者をかばいだてすれば、侑彗殿が妖言に関わっていたと判断せざるをえません
ぞ」
「彼女が調べていたのは、宗惟という宦官と、燕夕という宮女のことですよ。事件の
可能性があるというのに、掖庭局の捜査が及んでいないようでしたので、個人で調べ
ていたにすぎません」
「いいや。この者は、侶賢妃の事件について、あることないこと吹聴していると報告
があったのだ。陛下の四夫人のひとりたる賢妃が、あのような凶行に襲われるなど、
前代未聞のこと。それを面白おかしく言い立てるなど、許されることではない」
「それは誤解というものです。侶賢妃の件を再調査するよう掖庭局に願い出たのは淑
妃で、それに同意したのは私ですよ。報告では首を斬られて殺害されたとありました
が、それにしては血が飛び散った形跡がない。もし死因がほかにあるのならば、犯人

はともかく、それについて調べていないのは掖庭局の怠慢であると」

皇后がざらりと氷の器をあおった。いらいらと氷を噛み砕く音が響きわたる。

「先ほどから、掖庭局を統括する妾に手落ちがあると言っているように聞こえるな」

「とんでもない。ただ侶賢妃は皇后様の縁戚です。不明なことがあれば、なおさらすべてをつまびらかにする必要があると思っただけです」

それに――、と侑彗は言葉を続けた。

「私がここに皇帝陛下をお招きしたのは、皇后様に不幸が降りかからぬようにするためです」

「不幸だと？　妾に？」

皇后は眉をひそめた。

「彼女が太卜署の女官というのはお聞きになったのでしょう？　太卜署とは、古くから巫女が所属し、国家の行く末を判断する卜占を司ってきた部署。万が一にも、その巫女を無実の罪で処刑すれば、神がお許しになりますまい」

「は！　なにを馬鹿なことを！　そのような世迷言《よまいごと》が妾に通じると思っているのか？」

「おや、皇后様は巫女を信じてはいらっしゃらないので？　その割には、千波宮《せんぱきゅう》を熱心に整えられていたと伺っていましたが」

「なんだと……？」

皇后が怪訝な表情を浮かべた。

「亡くなった侶賢妃の代わりに、新しく妃嬪をひとり迎えると伺っていましたが、その後どうなったのです？」

皇后がゆっくりと振り向き、その目が螢那を捉える。

「まさかこの者……」

「そもそも、太常寺に所属する太卜署は後宮の機関ではない。そういった意味でも、皇后様に彼女を処断される権限はないのです」

そうして侑彗は空を振り仰いだ。

「今日の朝、太陽のまわりに虹龍が舞っていたのをご覧になりましたか？　もしこのまま、神の巫女たるこの娘を殺してしまっては、天の怒りが禍《わざわい》となって皇后様に降り注ぎましょう」

「虹龍だと？」

侑彗の眼差しを追い、ちらりと空を見上げた皇后は、いぶかしげにつぶやいた。そしてふたりの視線がぶつかった一瞬の後、ふいに皇后はくっと眉をひそめた。

「妾のものにならぬなら、邪魔になるだけというものよ」

ぼそりと言う声がかすかに聞こえた。

「いまさら神の怒りなど恐れはせぬ。かまわぬ、その娘の首を刎ねよ！」

皇后の声とともに、掖庭官の手で処刑台に押さえつけられ、螢那は息を呑んだ。

「くそったれが！　いいからさっさと螢那を放せ！」

侑彗が、彼にしては珍しい声で叫んだときだった。すっと冷たい風が吹きぬけた気がした。

すると同じように感じたのか、急にあたりがざわめきはじめた。

「なんだか、空が翳《かげ》った気がしない？」

「そういえば……、さっきまで晴れてたのに」

うつ伏せにさせられている螢那には、なにが起きているかは見えない。しかし彼女には、これから起こることが予想できた。

そして次の瞬間、雷鳴が轟《とどろ》いた。

「痛い――」

誰かが悲鳴を上げる。それと同時に、突如ばらばらという音が聞こえてきた。

「雹《ひょう》だ！」

「きゃあああ！」

あちこちで叫ぶ声がする。突然降ってきた雹が、つぶてのように処刑場に集まっていた人々を襲ったのだ。

「これは、どうしたことだ!? 冬でもないのに雹が降るなど……！」

侍女たちに庇《かば》われながら、皇后が狼狽の声をもらした。

「申し上げましたでしょう？ 巫女であるこの者を傷つけようとすれば、神がお怒りになると」

「な――」

「彼女を放してください。よく調べれば、妖言など弄していないことがわかるでしょう」

「こ、皇后よ。とりあえずあの娘を放すのだ！」

宦官たちに庇われ大木の下に避難した皇帝も、声を上擦らせて叫ぶ。

「陛下!!」

「もう一度調べて、やはり冤罪でないというのであれば、改めて処罰すればよい。もし本当に罪があるのならば、首を刎ねても神はお怒りにならぬであろう」

「で、ですが陛下」

「このまま座して神の怒りを受けるつもりか！ これは余の命だ!!」

それまで大人しかったはずの皇帝の気迫に押され、皇后がぎりりと歯噛みしたように見えた。

「ざ、斬首は一時保留にする！」

皇后が叫ぶと、みな建物のあるほうへと散っていった。

「螢那――」

雹はいつしか、大雨へと変わっていた。大粒の雨を頬に受けながら呆然と座りこむ螢那のもとに、侑彗が歩み寄る。

「私、助かった……のですよね？」

「とりあえずは、ね」

そう答えた侑彗は、どこか落ちこんだような顔をしていた。まるでいたずらが露見して叱られた子供のような――。

「ごめん、助けるのが遅くなって」

いつも自信たっぷりで余裕のある表情しか見たことのない彼の顔が、少し歪んで見えたのは気のせいだったのだろうか。

第十一章　乞巧節の紅き星

「無事でよかったわ、螢那！」

玄冥殿に連れていかれた螢那は、出迎えた淑妃にぎゅっと抱きしめられた。

そして彼女は濡《ぬ》れた螢那の身体を綿布で包み、それまでの経緯をかいつまんで説明してくれる。

「侑彗殿が陛下を連れてくるって言っていたから、大丈夫とは思っていたけれど。でも皇后様のことですもの。陛下の言葉を聞かずに、刑を強行するんじゃないかと気が気じゃなかったわ」

「ええと、とりあえず助かったみたいです……」

子供のように抱きしめられてどこか照れくさく、えへへと笑いをこぼすと、「螢那あ！」と冬薇が飛びついてきた。

「ああああ、螢那!!　もう駄目じゃないかって本当に心配したのよう……！　無事でよかったああ！」

落ち着いた侍女の顔はどこにいったのか。こんな彼女を見るのは、秋琴の死霊を見た螢那を前に、自分を責めていたあのとき以来だ。どうやらこの冬薇、いつもは巨大な猫を被っていて、こちらが素のようである。

「ああ、うるせ。こいつこういうタイプかよ……。まああんたを心配したのは本当だけどな。こっちはえらい目に遭ったけど……」

わあわあと泣く冬薇の後ろから、やれやれとばかりに今度はびしょ濡れの瑠宇が姿を現す。

「どうしたんですか、瑠宇？　その格好……」

「いやー、本当はさ。この前の硝石……だっけ？　それと木炭を松脂で練ったやつを使って、鬼火だって言って火をつける予定だったんだ。陛下は信心深いから、神罰が下ると思ったらぜったい皇后を止めるって、そこの悪党――じゃなくて太子が言うからさ」

瑠宇がちらりと視線を向けた先には、螢那と同様、濡れそぼった髪を拭いている侑彗がいる。

「木の陰で、ずっと出番を待ってたのに、勝手に予定を変えられてどうしようかと思ったよ」

「でも、あっちのほうが効果的だったろう？」

瑠宇が恨みがましくつぶやくと、侑彗が不敵に笑った。

その彼と視線が合うと、瑠宇は弱みでも握られているのかびくりと身体を震わせ、からくり人形のように何度もうなずいた。

「陛下は完全に信じてたみたいね！」

真っ青になっている皇帝を想像したのか、淑妃がふふっ、と笑いをこぼした。

「まあ、ただのはったりですけどね」

「はったり……」

たしかにそうなのだが、彼の迫真の演技は古代の巫女も顔負けに違いない。

「どうしてわかったんです？　雹が降るって」

「君が教えてくれたんじゃないか。夏の暑い日、太陽のまわりで虹龍が舞っているように見えたあとは、天気が急変するんだって」

「私が……？」

「今朝そのことに気づいて計画を変更したんだけど、正直僕では、いつ急変するかまではわからないからね。適当に話して時間を稼いでいたんだ。もし間に合わなければ、予定どおり鬼火をつけてもいいしね」

でも、最高のタイミングで雹が降ってくれたよね。

そう笑う侑彗に螢那はあきれた。そんな不確かな知識であれほどのはったりをかますなんて、大胆にもほどがあると。それに――。

「あの……いつ私が、あなたにそんな話をしたんでしょう？」

まったく覚えがなかった。しかし螢那がそんなことを他人に話したのだとしたら、子供のころだろうか。

そう考えていると、侑彗が苦笑した。

「まだ思い出してくれないんだね、あのときのことを。ひと目惚れだって言ったんだけどなあ」

「ええと？」

たしかに侑彗にはじめて会ったとき、そんなことを言われた気がする。あまりにうさんくさくて聞き流していたが。

「……星祭りで会ったって、あれ本当のことだったんですか？」

「そう。十二年前の乞巧節の日、君は僕の前に現れたんだよ。それで君は言ったんだ。僕の守護星が死んだって――」

「あ――」

螢那の脳裏に、記憶がよみがえった。

それは母が亡くなる少し前のこと。螢那が、まだ無邪気に巫女の力を信じていたときのことではないだろうか。

＊

幼いころ、螢那は都のはずれで母と暮らしていた。

官職にあるという父は、時々しかふたりのもとを訪れず、父の屋敷には母とは違う正夫人がいることも、このときの螢那は知らなかった。

巫女である母は、訪れてくる人に頼まれて、恋占いや学業成就、豊穣祈願などをしていた。

『答えなんて、もともと本人のなかにあるものよ。わたしはちょっと背中を押してあげるだけ』

そう言って母は、相談者に符を渡し、祝詞をあげていた。それらは彼らの決定を後押しするのに、効果的なのだという。

そんなふうに人々に頼られている母を、幼い螢那は誇らしく思いながら眺めていたものだ。

そんな折だった。二階の窓から見下ろせる裏路地で、ひとりの少女が三人の男たちに追いかけられていることに気づいたのは。

その日はちょうど、乞巧節――七夕の星祭りの日だった。祭事を頼まれた母は西の郊外まで出かけていて、螢那はひとりで留守居をしていた。

『危ないことをしては駄目よ』

それが母の口癖であったが、少女の腕から血が流れていることに気づいたら、どうにも放っておけなかったのだ。

どうしようかと一瞬だけ考えた螢那は、今朝太陽のまわりに虹龍が舞っていたことを思い出して部屋を飛びだした。先ほどから少し日が翳ったようにも感じられ、今ならばきっと、母のように自分にもできるはずだと。

「あなたたち！　その子にひどいことをすると、神様の怒りに触れちゃうんだから!!」

背後に仁王立ちになった幼い螢那に、男たちははじめ面食らったようだった。しかしすぐにせせら笑って言った。

「神様だって？　馬鹿馬鹿しい！　お嬢ちゃん、怪我したくなかったらあっちに行ってな――」

しかしそう口にするがはやいか、突然降りだした大雨に男たちは怯《ひる》んだ。その隙に螢那は、男たちの脇をすりぬけ、少女の手をつかんで逃げだしたのだ。

もちろんすぐに男たちは追いかけてきたが、このあたりに詳しい螢那は、男たちの思いもよらない隠れ場所をいくつも知っていた。

「君……どうして？」

雨宿りもかねて壊れた塀から廃寺に潜りこむと、少女が不思議そうに訊ねてきた。

「夏の暑い日に、太陽のまわりに虹龍――ええと光の輪っかみたいなのが見えたら、その日は大雨になったり、雹が降ったりするのよ。――って、お母さんに、種明かししちゃ駄目って言われてるんだけどね」

ちょうどよく降ってくれたと螢那が舌を出すと、少女は首をかしげた。

「種明かし？」

正面から見ると、少女はとてもきれいな顔立ちをしていて、螢那はどきどきした。

「そう。私、これでも巫女の卵なのよ！」

「巫女？」

すごいだろうと胸を張るが、少女にどこか胡散《うさん》くさげな顔をされてしまう。螢那は、こほんと咳払《せきばら》いした。

「それより、あなた。あの人たちはなんなの？　どうして狙われているの？」

腕の傷からは、まだ新しい血が滲《にじ》んでいる。とりあえず以前母が怪我人にしていたように手巾を巻いてみるが、幼い螢那の手ではうまくできない。結局自分でやるという少女に、手巾を渡すことしかできなかった。

「薬師に診せないと……。私、場所を知っているわ」

「いいよ。たいした傷じゃない」

「でも……」

母が言うには、小さな怪我であっても傷口から悪いものが入りこめば、化膿《かのう》して最悪切断するような大事につながることもある。

「慣れてるから」

慣れている？

どういうことかと思っているうちにも、少女はたしかに慣れた様子で自分の手当てを終えた。

「そうだ、こういうときは京兆尹《けいちょういん》に行くのよね」

泥棒や暴力事件に巻きこまれたら、都を治めている京兆尹に駆けこむのだ。母にはそう聞いていたのだが、少女は首を振った。

「いいよ、意味がないから」

「意味がない？」

「京兆尹に訴えても無駄なんだ。あいつのほうが強いから」

京兆尹よりも強いなんて、少女の言う「あいつ」とは誰なのだろう。それはどんな恐ろしい存在なのかと思ったが、螢那には実感がわかなかった。

「僕が生きてたら、よっぽど都合が悪いんだろうね。だから逃げたって仕方がない。

どうせそのうち殺される」

「僕？」

螢那はそのときになってようやく、相手が少女ではなく少年であることに気づいた。ひどく物騒なことを言われているのに、その事実はそれ以上に螢那を驚かせた。

「た、助けてくれる人はいないの？」

「いないよ。誰も。だから君も、僕のことなんて放っておけばよかったんだ」

少年が、石段に座ったままあきらめたように空を仰いだ。夏の空は気まぐれで、いつの間にか雨は上がっている。

「もう行きなよ。どうせ僕は、もう死ぬから」

そう言われてしまって、はたして立ち去れる人間がいるのだろうか。

「だけど、それもいいよね。どうせ僕には生きてる価値なんてないんだから。みんな僕のせいで死んでいく。母上も、乳兄弟も、僕のせいでみんな死んでしまったし」

「ええと、た、戦うことはできないの？」

座りこむ少年のかたわらから動けずに、そう訊ねてみるが、「できるわけないじゃないか」と一蹴された。

「ねえ君、僕の話を聞いてた？　相手が強くて太刀打ちできないって」

「だ、だって、だからってそんなに最初からあきらめなくても……」

「君は単純でいいね」

螢那は呆気にとられてしまう。こちらは心配しているというのに、顔に似合わずなんとひねくれた少年なのだろう。

少年はなにか大変な事態に巻きこまれているのかもしれないが、それにしても考えが後ろ向きすぎるのではないだろうか。

お手上げに感じて、螢那は彼とは少し離れたところに座りなおした。

奥まったところにあるこの廃寺は、地元の者にもほとんど知られてない穴場だ。ここに隠れているかぎり男たちに見つかることはなさそうだが、ここからずっと動けないのも困ってしまう。

どうしていいかわからないでいるうちに、いつしかあたりはすっかり暗くなっていて、空には織姫星と彦星《ひこぼし》が瞬いていた。耳を澄ますと、遠くで星祭りの喧騒《けんそう》が聞こえてくる。

本当なら今頃は、帰ってきた母と祭りに行っていたはずなのに。山査子《さんざし》飴《あめ》を食べて、赤い金魚の提灯を買ってもらう約束をしていたのだ。

いつまでここにいればいいのだろう。お腹もすいたし、母もきっと心配しているに違いない。

そうため息をつきかけたとき、螢那の頭にはっと思い浮かぶことがあった。たしかあれは、今日の日暮れ直後のはずではなかったかと。

そう思って夜空を見上げると、南方にひときわ輝く紅い星がある。

「ねえ、あの星を見て。お月様の左下くらいにある――」

「星？」

螢那が空の一点を指さすと、少年は抱えていた膝に伏せていた顔を上げた。

「紅い星が見えるでしょう？　あれはね、実はあなたの守護星なの」

「僕の、守護星だって……？」

はったりだったが、これこそ母がいつも言っている「人のためになる嘘」に違いない。そう思って螢那は続けた。

「そう。だけどね、あの星はもうすぐ死んでしまうの」

「馬鹿なことを言わないでくれ。星が死ぬなんてあるはずないじゃないか」

少年は鼻で笑った。

「いいえ、死ぬのよ。あなたの運命とともにね」

できるだけ自信たっぷりに聞こえるよう話しながら、螢那は内心でその言葉のとおりになるよう祈った。母は今日だと言っていたけれど、予測が外れるなんてしょっちゅうだからだ。

不安が表情に出ているかもしれないが、すでに暗くなっていて、互いの顔もよく見えないのは幸いだった。

少年は信じようとはしなかったが、星空を見つめつづけてどれくらい経ったころだろうか。やがて、ふっと紅い輝きが消滅した。

「っ――」

少年が、隣で息を呑む気配がする。

「見たでしょ？　あなたの守護星は、いま死んでしまったのよ」

螢那は、予測が当たったことにほっとしながらそう告げた。

「死んだ？　僕の守護星が？」

「そうよ」

「じゃあ僕は……」

「でもね――」

絶句している少年に、螢那は星空を見つづけるように言った。すると一刻もしないうちに、ふたたび紅い輝きが瞬きだした。

「どういうことだい……？」

「いま、あなたの守護星は新しい命を受けて生まれ変わったのよ。あなた自身もね」

星が消えていたのは、わずかな時間だった。戸惑いながら食い入るように瞬きを見つめている少年に、螢那は告げる。

「だからもう、できるわけないだなんて、はじめから決めつけないで。あなたにはどんなことだって可能にできる力があるはずだもの――」

少年はなにかを考えるように黙りこんだ。

そんな沈黙がどのくらい続いただろうか。ふいに少年が、ぽつりとつぶやいた。

「……帰るよ」

「え、でも命を狙われてるんでしょう？」

京兆尹に駆けこむことさえできないのではなかったのだろうか。そう驚く螢那に、少年は言った。

「ああ、あれね。嘘だから」

「はあ!?」

「さっきの男たちは、うちの屋敷の者だよ。家から出るなってうるさいから抜け出してやろうとしたんだけど、それを見つかって追いかけられただけ」

「騙したの!?」

あっけらかんと話す少年に、螢那は呆然とする。では、なんのためにここにずっと隠れていたのだと。

「勝手に騙されたのは君だろう？」

悪びれずに言う。開いた口が塞がらないとはこういうことだ。

「じゃあ、その怪我は？」

「ああ、これ？　剣の稽古でかすっただけだよ」

その言葉で、螢那の怒りは頂点に達した。

「心配して損したわよ！　もう知らない！」

つきあってられないと、螢那は立ち上がった。

「待ちなよ。君の名前は？」

「あんたなんかに教えるわけないでしょ！」

呼び止める少年の声が背後に聞こえたが、楽しみにしていた山査子飴を食いっぱぐれた螢那は、腹立ちまぎれに叫んで廃寺から飛びだしたのだった。

＊

「うーん、たしかにそんなことがあったような……」

夏にもかかわらず淑妃が出してくれた火鉢にふたりであたりながら、螢那はあいまいな記憶を引っ張りだした。ちなみに瑠宇は、侑彗の近くに来るのを嫌がって、部屋にすら入ってこない。

あのあとはたしか、家に帰ると母がすでに帰宅しており、勝手に出かけたことをひどく怒られたのだ。

「え、じゃあ侑彗殿があのときの子なんですか？」

信じられずに訊ねると、侑彗がすねたように言った。

「……薄情だよね。僕はずっと君のことが忘れられなかったのに」

「ええと……、すみません」

なじられて反射的に謝ってしまう。

しかし母が生きているときのことは、あまり思い出さないようにしていたのだから仕方がない。それに——。

「女の子みたいに可愛らしい子だったし、まさか将来こうなるとは……」

あれだけ後ろ向きな性格をしていたのに、目の前の彼からはそんな気配はみじんも感じられない。

でも考えてみれば、あのときからそうとうの嘘つきだった。そうだ、謝るべきは螢那ではなく、あのとき螢那を騙した侑彗なのではないだろうか。

「まあ僕も、君の雰囲気があんまりにも変わっていたから驚いたけれどね」

「つまり、いまでは私のほうが後ろ向きだと言いたいのですか？」

よけいなお世話だと螢那は思った。

「というか、巫女の卵だって、あれだけ誇らしげに語ってたのに」

「すみませんね。こちらもあれからいろいろあったんですよ」

母が無惨な亡くなり方をし、螢那を巫女として徹底教育しようとした祖母のもとへと預けられてしまった。その結果、大きく価値観が変わったとしても責められる理由はないはずだ。

「君に言われて、紅い星がふたたび夜空に瞬いているのを見たとき、僕はたしかに生まれ変わった気がしたんだ」

「っていうか、すみません。信じさせてしまって申し訳ないのですが、実はあれは、星蝕《せいしょく》というたんなる自然現象でして……」

半月の影となっている部分が、星の輝きを一時的に遮っただけのことだ。

いくら子供だったとはいえ、あのときは螢那も母の真似《まね》をして、ずいぶんと大胆な嘘をついたものである。

しかもあの蝕は、月のほんの端っこがかすっただけなので、星が見えなくなったのも少しの時間だ。彼があの嘘を真に受けたのを意外に思いながら説明すると、侑彗は
「知っているよ」と笑った。

「あとから天文を研究している太司局《たいしきょく》で教えてもらったよ。あれは星が月の裏側に隠れただけだってね。でも、あのときの僕には、天から啓示を受けたかのように感じられたんだ」

「そ、そうなんですか？」

正面から侑彗にずいと距離を詰められ、螢那は後ずさる。

「だからね、螢那。乞巧節に出会った僕たちは、織姫と彦星によって導かれた運命の相手なんだと思わないかい？」

「……思わないです」

飛躍した話に螢那は一気に鼻白む。しかし侑彗は彼女にかまわず語りつづける。

「そもそも古来、巫女と王とは互いを補完しあう存在だった。僕たちが一緒にいるのは、至極あたりまえのことじゃないか」

「いつもにも増してすごい勘違いです……」

「あいかわらず君は僕だけにつれないね。君と一緒なら、僕はなんだってできそうな気がするのに」

螢那が一歩下がると、侑彗は二歩追ってくる。

「いやいやいや！　今回はこのまま騙されませんからね？　そんなことよりはっきりさせておきたいことがあるんですけど！」

このままでは、また侑彗のペースだ。螢那はいつの間にか握られている彼の手を振り払った。

「私が今回、皇后様に首を斬られそうになったのは、侑彗殿のせいなわけですよね？」

これだけは答えてもらうと、螢那はきっぱりと問いただした。

「ははは、気づいた？　皇后は僕のことを毛嫌いしているからね。君が僕の口利きで後宮に上がったことを、どこかで聞きつけたんだろうねえ」

「冗談じゃないですよ！　完全にとばっちりじゃないですか！」

いくら以前火事から助けてもらった恩人とはいえ、螢那は首を斬られかけたのだ。笑って済ませられる話ではない。

「まあまあ。君もしばらく狙われるかもしれないけど、気にしなければいいよ」

「気になるわ!!」

「と言われても、いまはどうしようもできないしなあ」

思わず侑彗の襟元を締めあげそうになるが、彼は悪びれずに言った。

「皇后様は、どうしてああも侑彗殿を嫌うんですか？」

いったいなにをしでかしたのだ。

そう訊ねるが、侑彗は肩をすくめるだけだ。

「どうしてもなにも、彼女も僕に嫌われているのがわかるから、怖いんじゃないかな。僕がこのまま即位したら地位を追われると思って焦っているんだよね」

「なんとかその誤解を解くわけにはいかないんですか？」

「うーん、誤解じゃないから」

あっけらかんと、侑彗は笑った。つまり侑彗と皇后は、お互いを天敵と思いあっているということか。

「ええと、私、巻きこまれたくないんですが……」

「でも、君は僕に協力してくれるだろう？」

「決めつけないでくださいー」

「つれないな。星祭りで将来を誓い合った仲なのに」

「なに勝手に記憶を改ざんしてるんですか！」

迫ってくる彼を押しのけ、螢那が声を尖らせたときだった。

「螢那――！」

慌てた様子で部屋に飛びこんできたのは淑妃だった。

「皇后様から使いが――」

彼女がそう言うがはやいか、皇后の侍女が部屋に入ってきて、螢那は慌てて膝を折る。

「皇后様より命でございます。侶賢妃を殺害した真犯人を捕らえ、また皇后宮の宦官宗惟、尚寝局の宮女燕夕の両名が殺害されたことを証明して、その凶手を挙げよと」

「……どうしてそうなるんでしょう？」

使いの侍女が去ったあと、螢那は呆然とつぶやいた。

いつの間にか、侶賢妃のことまで螢那が犯人を見つけることになっている。

「どうやら皇后は、君の手並みを見てみたいようだね」

侑彗が苦笑した。

「手並みって？」

「君、掖庭局の悪口でも言ったの？」

「悪口というか、ちょっと意見は言いましたけど……」

もう少しきちんと仕事をしてほしいと思っただけだ。

「だからじゃない？　まあつまり、『侶賢妃が殺害された事件について掖庭局の挙げた以外に犯人がいて、宗惟と燕夕が死んだのが事故でないなら、犯人を差し出してみろ。できなければ今度こそ首をちょん切ってやる』。皇后の言いたいのは、そういうことじゃないかな？」

「えええええ!?」

本当に勘弁してほしいと、螢那は叫んだのだった。

「どうしてって……」

意味がわからなかったのか、冬薇と瑠宇が顔を見合わせた。

「だって、私が調べていたのは、燕夕さんと宗惟さんの死についてですよ？　たしかに侶賢妃様の宮殿には行きましたが、侑彗殿へのあてつけにしても、もしそれだけだったら捕らえられるのは私ではなく、私の上官として行った喬詠さんだと思いませんか？」

「彼は、後宮の女官じゃないからじゃない？」

捜しても「喬花」などという女官はいないのだからと、冬薇は言った。しかし螢那はそれにも首を振る。

「だったら、私を捕らえたときに尋問すると思いませんか？　あの女官は誰なのかと。でもそんなことは一度もありませんでした」

しかも皇后は、螢那が侶賢妃のことを嗅ぎまわっていると断じていた。

「ってことは、皇后様には、あんたにいろいろ調べられたら、困ることがあるってことかねえ」

「皇后様が侶賢妃様を殺した真犯人だとしたら、それもわかるんですけどー」

しかしおそらく違うのだろうと螢那は考えている。

『そもそも黎雪があのように死んで、一番嘆いているのは妾だというのに……！』

もし皇后が真犯人ならば、侍女の伝聞を忘れてまであのように怒らないと思うからだ。

「侶賢妃様の事件を再調査するよう依頼したのは淑妃様で、それを後押ししたのは侑彗殿です。もし皇后様が犯人なら、そのふたりを差し置いて、一介の女官にすぎない私だけを捕らえて斬首したって意味がありません」

本当に侑彗への嫌がらせとして螢那を殺すつもりだったとも考えられなくはないけれど……。

いずれにしても、すでに片づけられてしまったこの倉庫を調べても、残念ながらこれ以上わかることはなさそうだ。

「あ、そういえば冬薇。このあとやっぱり私も尚食局に行きたいんですが」

「またシキミのことを訊くの？」

「いいえ。皇后様のことを考えてたら、思い出したことがあるんです」

螢那を処刑せんとしたときでさえ、氷菓子を嚙み砕きつづけていた皇后——。そのときに香った柑橘類の匂いを思い浮かべながら、螢那はそう言ったのだった。


「冬薇！」

尚食局へ着くと、冬薇の知り合いだという女官が彼女に気づいて手を振ってきた。

「さっきは米酢をありがとう、萌蓮《ほうれん》！　この子が話していた螢那よ」

萌蓮と紹介された女官は、四十代くらいのふっくらとした女性だった。なんでも冬薇と同郷のよしみで、いろいろとよくしてくれるらしい。

先日も八角について調べてくれたり、さきほども米酢を分けてくれたりと、これまでも度々手を貸してもらっている。

「ああ、あんたがこの間首を斬られちまうところだったっていう娘っ子だね！　よく無事だったねえ。まさかあの皇后様につかまって、解放されると思わなかったよ」

いまの螢那の立場は、「もと死刑囚」である。そのため気味悪がられると思ったが、萌蓮はむしろ面白がるような顔で迎えてくれた。

「いやあ、首の皮一枚でつながってるだけで、まだ斬首になる危険が去ったわけではないようでして……」

「ええ？　そうなのかい？」

自由に味見ができる立場だからか、尚食局の者たちは総じてふくよかな者が多い。頭を掻いた螢那を笑う姿は豪快である。

「なので、ちょっと教えていただけるとありがたいんですが……」

「いいよ。あんたの首と胴が離れ離れにならないよう協力しようじゃないか。で？

なにが聞きたいんだい？」

「皇后様は、氷をよくお召し上がりになっていると思うのですが……」

「そうだねえ。かれこれ二十年以上、ずっと氷を召し上がっているよ」

「二十年!?」

螢那は目を丸くした。冬薇も瑠宇も驚いたように顔を見合わせている。

「この国じゃ、冷たいものは身体に悪いって避ける人間がほとんどなのに、めずらしいよね。冬でもそうだし」

萌蓮の話を聞くと、皇后の氷を求める様には、なおさら中毒性のようなものが感じられる。

「それがどうかしたのかい？」

「氷菓子から柑橘系の匂いがしたので、もしかして冬の間に作って氷室に保存しているだけじゃなくて、果汁をここで凍らせてもいるんじゃないかと思って」

「よくわかったね。そうだよ」

あっさりうなずいた萌蓮に、冬薇が驚きの声をもらした。

「この夏場に果汁を凍らせるなんて、どうやって？」

「硝石です。硝石と水を混ぜると、温度が下がる作用があるんです。それを利用して、硝石を溶かした水のなかに果汁を入れた器を沈めると、凍らせることができるんです」

「そのとおりさ。皇后様は氷室から取り寄せた氷も好まれているが、それ以上に御膳房で果汁を凍らせて作った氷菓子がお好きでねえ」

螢那はひとつうなずき、本題に入った。

「もしかしてなんですけど、その硝石なんですが、冬から春にかけて在庫が減っていたなんてことはありますか？」

「なんで知っているのさ？」

螢那の問いに、今度は萌蓮のほうが目を丸くした。

「やっぱり、そうですか」

燕夕が燃やされた倉庫に使われた硝石は、薬房ではなく、尚食局から盗まれたものだったのだ。

「あんなものを欲しがる人間がいるとはねえ。だけど、それがどうしたんだい？」

「尚寝局の宮女だった燕夕さんなんですが……、その硝石を使って遺体が焼かれたのではないかと思って」

「ええ!?」

「なあ、燕夕って、あの背の小《ち》っちゃい子のことだろ？」

萌蓮との話が聞こえたのか、そばにいた女官が会話に加わってきた。

「ずいぶん前から姿を見なくなって、尚寝局のやつらからは死んだとは聞いてたけど……。誰も詳しく教えてくれないから、なにがあったのかと思ってたんだよ！」

どうやら燕夕は、尚食局の人たちとずいぶん交流があったらしい。あたりの者たちが次々と話に入ってくる。

「よく食べる子だったから、あたしも覚えてるよ！　うちらの料理を、いつも美味しそうに食べてくれてた。ふくよかな体つきしてたけど、実は子供のころは貧しくて、満足に食事が取れなかったって……」

「そうそう！　その反動で食べちまうって言ってた。だからあたしら、あの子にはこっそり大盛にしてやったりしてねえ」

「ふくよかだった……？」

その瞬間、螢那の頭の奥でちりりと反応するものがあった。

「ああ、そうだね。小柄でぽっちゃりしていて、それがまた愛嬌《あいきょう》のある子だったんだよ」

「黒子は？」

「え？」

「左目の下に、泣き黒子はありましたか？」

「ああ、あったねえ。それがどうしたんだい？」

螢那の問いを脈絡なく感じたのか、萌蓮は不思議そうに答えた。

その瞬間螢那のなかで、欠けていたわずかな破片がぴたりとはまった気がした。それはあたかも脳裏で光が閃《ひらめ》くかのようで、瞬きの間に一幅の画布が完成したかのようだった。

「……なんとなく、わかった気がします」

宗惟のこと、燕夕のこと、そして侶賢妃のこと――。

「螢那？」

「侑彗殿に、会わなければ――」

どうしたのかと視線を向けてくる冬薇に、螢那はどこか夢うつつのままそうつぶやいたのだった。

＊

「なにがいけないのかな」

最近蟬《せみ》の声が少なくなった。そんなことに秋の訪れを感じながら、侑彗はつぶやいた。

「なにかおっしゃいましたか、侑彗様」

離れた卓子で茶を淹《い》れていた喬詠が、すかさず彼に訊ねてくる。いつものことながら、この乳兄弟は常に侑彗の一挙手一投足に神経を張り巡らせているようだ。

「いつだって彼女には嘘をついていないはずなのに、なぜか僕のことを信じてくれないんだよね」

本人がここにいれば、「日頃の行いです！」と即答しそうなものだが、あいにく彼女はいない。いるのは彼に忠実な乳兄弟だけだ。

その喬詠は、侑彗がつぶやくとふるふると震えだし、そして手巾を噛んで叫んだ。

「なんて、おいたわしい！」

「え、それどういう反応？」

乳兄弟といっても、侑彗と実際に乳を分けあったのは祥詠《しょうえい》といい、喬詠はその弟にあたる存在だ。四歳下の喬詠は、少し融通が利かないところがあるせいか、ときどき予測がつかない言動をする。

「あんな小娘ごときが、侑彗様をお悩ませ申し上げるなんて……！」

そして喬詠は、意を決したように侑彗を見た。

「あの小娘、これからシメて参ります」

「いや、おまえが言うと冗談に聞こえないよ」

ははは、と笑って流した侑彗は、「冗談ではありません」と口にする喬詠を放置して、螢那の顔を思い浮かべた。

「あのような小娘、利用だけしてあとは捨て置けばいいのです！」

「うーん、まあ、そのつもりだったんだけどね」

喬詠の言葉にうなずきながらも、侑彗は首をひねる。なのに、どうしてあのとき叫んでしまったのだろうと。

『くそったれが！　いいからさっさと螢那を放せ！』

あんなふうに声を荒らげたのは、久しぶりな気がする。

彼女の巫女としての知識は貴重だが、感情的になる必要などなかったはずだ。少なくとも皇后の手に落ちなければ、致命的な損失にもならないのだから。

「巫女、ね……」

いにしえの時代より、「神鬼の意を占う」とされてきた存在――。

あの星祭りのあと、侑彗は何度も彼女を捜したのだ。名前も知らないあの巫女を。

しかし二度と会うことはなかった。

あのあとすぐに都で流行病が広がったからだ。そうして外出もままならなくなっているうちに、彼女の行方どころか、その存在さえつかめなくなってしまったのである。

そうして月日は流れ、侑彗が立太子する直前だった。皇后が、巫女を後宮に入れようとしていると聞いたのは。

ここ数年皇帝の実子を切望していた皇后としては、頼みとしていた侶賢妃が亡くなり、藁《わら》をもつかむ心地だったのだろう。高祖の予言を真に受け、その娘ならば皇帝の子を身籠もることができると一縷《いちる》の望みを抱いたようだった。

間者を通じてそれを耳にしたとたん、すぐにあの少女のことだとわかった。

長く迫害を受けてきた巫女は、すでに絶滅寸前だ。そのなかでも子を生めるほど若い娘となれば、幼いころに出会った彼女のほかに考えられないと。

皇后が彼女を狙っている。

それを知ったとたん、侑彗のなかにわきあがったのは強い怒りだった。

冗談じゃない。あれは僕のだ――。

巫女たる彼女が、その力を与えるのは僕でなければならない。あの日のように――。だから、横からかっさらってやることにしたのだ。皇后が彼女の行方を知っているのなら、逆に好都合だとさえ思って。

それだけだというのに――。

よくわからない感情のさざめきに、侑彗が眉をひそめたときだった。

「太卜署の女官がお目通りを願っております」

侍従からの報告にどきりとした。

「螢那が？」

違う意味で、こちらも相手をするのが充分に面倒くさい。

とはいえ死者の眠りを暴くという不徳の行為に、侑彗でさえ、その表情からはいつもよりも色が消えている気がする。

「いえ、侑彗様はあちらで待っていてください！　俺がやりますから！」

喬詠は侑彗を押しのけようとするが、侑彗はそれを押しとどめた。

「いいよ、みんなでやろう。そのほうがはやい」

犂《スコップ》に足を掛け、体重をかけて地面に差し込みながら土を掘りおこす。それを目も覚めるような美形がやっていると、猛烈な違和感がある。

「なに？」

「いや、侑彗殿のそんな姿を見ることになるとは思わなかったので……」

「なんと、おいたわしい！」

あはは、と笑いかけた螢那だったが、急に聞こえた喬詠の叫びにびくりとなる。涙まで流す喬詠を思わず白けた目で見てから、螢那も土を掘りはじめる。彼女も少し緊張していたのだが、おかげで冷静になった気がする。

「本当に、掖庭官が、はじめに遺体をちゃんと検《あらた》めてくれていれば、こんなことをする必要なんてなかったんですけれどもね……」

なかなかの重労働に息を切らしながら、螢那はぼやいた。

「遺体を検める？」

「埋葬する前に遺体の状態を調べていれば、いろいろなことがわかったはずなんですよー。たとえば首と胴が分かれていた遺体は、その切り口を見るんです。生きているときに首が斬られていれば皮膚は縮んでいますが、もし死んでから斬られていれば伸びたままだったり――」

「オエ……」

こらえきれなくなったように喬詠がえずいた。嫌なら訊くなと螢那は思う。

「いにしえの時代には、不審な亡くなりかたをした人は、必要があればそうやって遺体のなかまで検めていたそうですよ。もちろんいまも、大理寺《だいりじ》の役人がある程度は確認するんでしょうけど……」

「ちょっと待て。遺体のなかとはどういうことだ？」

喬詠がぞっとしたように訊ねてくる。

「お腹や胸を切って、文字どおりなかを見るんですよ。たとえば宗惟さんだって、水路で見つかったからってすぐに溺死と判断するのではなく、胃の腑や肺腑《はいふ》を見るんです。もしそこに水が入っていなければ、死後に水路に入れられたということがわかったはずです」

とくに後宮のように、身分の低い者たちの命が軽んじられやすい場所では、そうやってろくに調べられもせずに、闇に葬られてきた事件がこれまでたくさんあったのではないだろうか。

「腹や胸を切るって……」

想像したのか、ふたたび喬詠がうっと息をつまらせる。

いつもの仕返しとばかりに螢那は続けた。

「昔は生きている人間に対しても、そうやって治療する医師がいたそうですよ？　患者を眠らせて、胸にできた岩を取りのぞいたり、左の足の付け根が痛んだときに、害になっている部分を切ったりして」

「そんなの、伝説だろう！」

喬詠が馬鹿にしたように言うと、侑彗が首を振った。

「いや。古い時代には、たしかにそういう術があったと僕も聞いたことがある。でも威王朝になってから、国家祭祀を司った儒士が禁止したのだと」

土を掘りながら、侑彗もとつとつと語る。

そもそも古代において、王とは社稷《しゃしょく》――つまり国家の祭祀を取り仕切る神官であり、巫女はそれを補佐する存在だった。

しかし五百年前、威王朝の建国とともに巫覡は駆逐され、代わりに儒士たちが国家における祭祀を司るようになる。そして数十年前に琰王朝が建つと、その儒士も下野《げや》し、いまは道士と呼ばれる者たちが国家祭祀を取り仕切るようになった。

「禁止したって……それはなぜ――」

「威王朝になってから、先祖からいただいた身体を傷つけることは、最大の禁忌と考えられるようになったからだと聞いています」

額ににじむ汗をぬぐいながら、螢那は答えた。

イカサマ巫者は駆逐されたが、代わりにのさばった儒士も、また似たようなものだったのだろう。身体を傷つけるうんぬんというのはともかく、頭蓋骨を被って祖霊を降ろすというような、なかなかにインチキくさい教えを広めていたのだから。

「威王朝が建って以降、それまで祭祀を独占していた巫女は放逐された。そして五百年の間、迫害を受けてきたなかで、貴重な知識は失われていったんだ」

侑彗が喬詠に説明するのを聞きながら、螢那は「そうか」と腑に落ちた。

「あなたが欲しいのは、その『失われた知識』なんですか？」

螢那はずっとわからなかった。なぜ侑彗が、自分を後宮につれてきたのか。

彼が求めているのは、螢那の巫女としての知識だ。

天候を読む力、草木を扱う力、人心を操る力――。

いにしえの巫女が、みずからの神秘性を高めるために使っていたそれを、知識として得たいということか。

「君の言うとおりだよ。この世に呪いなんて存在しない。だけど多くの人は弱いもので、すぐに呪いという言葉で物事を片づけようとする。君なら、そんな現状を変えてくれるんじゃないかと僕は思っている」

「そんなたいそうなこと、私にはできませんけどね……」

しかし遺体を見ればわかることもある。

「だけど君に来てほしかったのは、それだけじゃなくて――」

侑彗がそう言いかけたときだった。

「なんか臭《にお》うぞ……」

喬詠がつぶやいたように、掘り進めるにしたがって、すっぱいような油くさいような独特の臭いが強くなっていく。それとともに、茶色い染みの広がった布が土中に現れた。

下に縄を通してそのかたまりを引き上げ、螢那は取り囲んでいる面々に向かって言った。

「開きますよ？」

「うっ」

とたんにこれまでとは比べ物にならないほどの臭気がただよう。鼻を刺すような異臭に、喬詠がうめき声とともに離れたクヌギの木まで走っていく。

根元で吐瀉《としゃ》しているらしい彼にはかまわず、螢那はそれへと視線を向けた。

黒く焼け焦げ、首と胴の離れた遺体――。手足が屈曲しているのは、燃えた死体の特徴だ。すでに一部が液状化し、白い骨が剝きだしになっているところもある。

離れ離れになった頭から胴へとゆっくりと視線を動かし、やがて足の間までたどり着いたとき、思ったとおりそれは見つかった。

「やっぱり、そうだったんですね……」

螢那の予想していたとおり、そこには三人分の遺体が埋葬されていたのだ――。

＊

「思ったより来るのがはやかったではないか。もう犯人がわかったのか？」

遺体をふたたび埋葬したあと、螢那は駄目もとで皇后宮を訪ねた。目通りは許可されないだろうと思っていたが、意外なことにすんなりと宮殿内に通された。

「それとも、今日は命乞いのために降参しに来たのかの？」

すでに夕暮れ時で、沐浴《もくよく》のあとだったのか侍女に髪を梳《と》かせていた皇后は、あいかわらずガリガリと氷を嚙み砕きながら螢那に質した。

どうやら螢那が出まかせを口にしていると決めつけていた皇后は、彼女が先日下した命を成し遂げるのは無理だと、はなから決めつけていたようだ。ようは無理難題を押しつけて、彼女が音を上げるのを待っていたのだろう。

「降参も命乞いもしませんが、ちょっとお伺いしたいことがありまして……」

話そうとしたところで、皇后が「待て」と螢那を止めた。

「……そなた、なにやら臭うぞ」

「あ、すみません。墓を暴いたので、死体の臭いが移っちゃったのかも……」

「なんと？」

一応螢那も沐浴してから来たのだが、染みついた臭いはなかなか取れないらしい。髪までは洗ってこられなかったので、そのせいだろうか。

おくれ毛を引っ張りくんくんと臭いを嗅《か》ぐ螢那に、皇后が鼻白んだ。しかし墓を暴いたと聞いても、動揺した様子はない。さすがの胆力である。

「まあよい。それで妾になにを訊きたいと？」

「あ、忘れてました。その前にこれを――」

「なんだ、これは？」

螢那の差し出す盥《たらい》に入れられた赤褐色の物体に、皇后は眉をひそめた。

「鴨血です。鍋に入れると美味しいですよ。淑妃様も気に入られたようなので、皇后様もぜひ」

「意味がわからぬ」

「ええと、つまり、皇后様が氷を噛み砕いていないと落ち着かないのは、たぶん貧血のせいだと思って」

「なんだと？」

「庶民の食べ物ですが、貧血にはよく効くので食べてみてください。もちろん薬師にも相談していただきたいですけど」

「……薬師には、とうに調べさせたが、貧血など指摘されていない」

馬鹿馬鹿しいと、皇后は鼻で笑った。

「これは死者の呪いなのだ。だが妾を呪いたいのならば、好きに呪えばいい。妾は逃げも隠れもせぬ」

「皇后様もですか……」

螢那はため息をついた。

「なに？」

これを説明するのは何度目だろうと思いながら、螢那は口を開く。

「呪いなんてただの思いこみですよ。どうしてみなさん、生きているうちにできないことを、死んだらできるようになると思うんでしょう」

「ほ、ほほ！」

すると皇后が、突然笑いはじめた。

「なるほど、この呪いは妾の思いこみか」

「そうです」

螢那は大きくうなずいた。そして訊ねる。

「いつからですか？」

「いつから、とは？」

「氷を嚙まずにはいられなくなったのはいつからですか？　氷を食《は》みたくなる症状は、妊娠中に出ることが多いんですけど――」

萌蓮から尚食局の最古参の女官に訊いてもらったが、皇后が後宮に上がったときにはそのような嗜好《しこう》はなかったという。もし後宮で氷を好むようになったのならば、それは御子を身籠もったのが契機だったのではないだろうか。

「ですが、たいていは一過性のもので、出産後はもとに戻ります。貧血でもないのに、長期的に氷が食べたくなるなら、精神的なものかもしれないです。もし、なにか悩まれていることがあるのでしたら――」

「呪われている」と口にする者は、冬薔しかり、瑠宇しかり、何事か罪悪感を抱えていることが多い。もしかしたら皇后も、なにか胸に後悔を秘めているのかもしれない。

そう思ったのだが――。

「ほ、ほほほ！」

皇后はさらに盛大に笑いだし、蛍那を見据えた。

「そなたの言うとおり、これは皇子を身籠もっているときにはじまった。だが、妾はなにも悩んでなどおらぬ」

「でも――」

「そなた、妾に訊きたいことがあると言ったな。申してみろ」

「あ、はい」

話をそらされたことはわかったが、ずっと気になっていたことがあるのは事実なので、素直にそれを訊ねた。すると皇后は、思いがけずあっさりと教えてくれた。

「それだけか？」

「はい。あ、あと、よかったら亡くなったときの状況をお伺いしたい方がひとりいるんです」

「亡くなったときの状況だと？」

後宮外のことで、螢那にはまったく情報がない。侑彗に訊いてもいいのだが、皇后のほうが詳しい事情を知っていると思って訊ねた。

こちらもすぐに答えてくれた皇后は、しばらく螢那を観察するように眺めてからつぶやいた。

「……そなた、なにも知らぬようだな」

「ええと、なにをですか？」

「そなた、董中書侍郎《とうちゅうしょじろう》の娘なのだろう？」

螢那は目を見開いた。淑妃にも話していないのに、なぜ皇后が螢那の父のことを知っているのだろうと。

「はあ。といっても、しがない妾の子ですが」

否定することでもないので、螢那はうなずいた。

父はたしかに、そこそこ高い地位についている官僚ではある。とはいえ、市井で育ち、母の死後は田舎の祖母に預けられていた螢那には、あまり実感のない話ではあるが。

「もう三月前になるかの。董中書侍郎に巫女の娘がいると聞いて、陛下の妃として後宮に上げるように命じたのは妾よ」

「はい!?」

まったく思いもよらないことに、螢那は頓狂な声をもらしてしまう。

「知っておるか？　高祖の『琰王朝にかけられた呪いを解き、世継ぎ問題を解決できるのは巫女のみ』という馬鹿げた予言を」

呆然としたまま、螢那は反射的にこくこくと首を縦に振った。

もちろん知っている。そのふざけた予言のせいで、螢那は侑彗に誘拐されてきたのだから。

「黎雪——侶賢妃が死んでしまったあと、そんな予言があると聞いたのだ。従えば、陛下の子を儲けることができるのではないかと進言する者がいてな。試してみるのも一興と思ったのだが、まさか侑彗に先を越されるとは」

それで父が、急に螢那を都に呼び寄せようとしたのかと、螢那はようやく事情を理解した。

そして正夫人が、宿に火を放ったのもそういうわけか。自分の娘を差し置いて妾の子である螢那が皇帝の妃嬪になるなど、彼女には許せなかったのだろう。火事で死ぬなり、そこまでいかなくとも火傷《やけど》のひとつでも負うなりすれば、後宮に上がるのに障りが出ると考えた。そんなところだろうか。

『侶賢妃が死んでも、また二十歳そこそこの若い妃を後宮に入れようとしてるって噂があるから、皇后もまだあきらめてないんだろうけど』

つまり瑠宇が話していたあれは、螢那のことだったらしい。驚きのあまり声が出せずにいると、皇后がさらに続けた。

「宿が火事になって死んだと、報告を受けてはいたのだがな。遺体が見つからないとも聞いていたために、逃げた可能性もあると捜しておったのだ。まさか侑彗が後宮に入れているとは思わなんだからな。木は森のなかに隠せということか」

皇后は含み笑いをこぼした。

「ひとつ訊くが、そなたを妾から隠すために、あの宿に火を放ったのは侑彗なのか？」

「たぶん、侑彗殿ではないです」

あの嘘つきの顔を思い出すと自信がなくなるが、しかしもし侑彗ならば、もっとうまくやるはずだ。皇后に疑念の余地も抱かせないよう。螢那に見立てるための死体を、前もって用意しておくとか。

「ほう……？　それにしても太卜署の女官とは、あやつもよく考えたものよ。後宮外の官職を与えることで、妾の力の及ぶ外へうまくそなたを置きおった」

太子妃か女官か。皇城に入るとき、螢那にそう迫ったのは、どうやら皇后の支配を受けない形で後宮に入れるための方策だったらしい。

「それで？　そなたは侑彗に味方し、妾に仇なすつもりなのか？」

ここでうなずけば、生きて皇后宮から出られないのかもしれない……。

しかし否定して、皇后に忠誠を誓うつもりもなかった。

だから螢那ははっきりとした口調で言った。

「私は誰の味方もしません」

そういうことは自分たちだけで勝手にやってくれと螢那は思う。巻きこむのは勘弁してほしいと。

「だが、やはり妾はそなたを陛下の妃のひとりにしたい」

侑彗にも同じようなことを言われた。しかしその相手は、皇帝ではなく、彼——皇太子だと言っていたが。

つまり、皇后に味方して皇帝の妃になるか、侑彗に味方して皇太子の妃になるか。彼らにとってはその二択しかないらしい。

正直、どちらもごめんである。

螢那には、官職や立場というものはよくわからない。しかし——。

「……このまま、太卜署の女官でいさせてもらえないでしょうか」

「なんだと？」

「その代わり、お約束します。私はどちらにも与《くみ》しませんと」

皇后様にも、侑彗殿にも——。

「そんなことが通じるとでも——」

「侑彗殿が言うには、巫女の力というのは、失われた知識なんだそうです」

螢那は、失礼とは思ったが皇后の言葉を遮った。

「知識、だと？」

「高祖がどういうおつもりでそんなインチキ……いえ予言を遺されたかはわかりませ

んが、巫女であっても、神に通じるような不思議な力なんて持ってないんです。だから、たとえ皇帝陛下の妃になっても、そういった意味で皇后様のお役には立てないと思います」

螢那はきっぱりと言うと、「だけど――」と続けた。

「もし皇后様にお困りのことがあって、私で役に立つなら、いつでも参りますよ」

皇后は、しばらく目を瞬かせながら、螢那の顔を見つめていた。そしてゆっくりと口を開いた。

「……よかろう」

第十四章　犯人と秋明菊

螢那がそれから数日の間待ったのは、その日が侶賢妃の月命日だと聞いたからだった。

きっとその人物は現れる。

供えられた秋明菊にそう思った螢那は、ひとり墓が見渡せる木の陰に身をひそめ、彼女が来るのを待った。

そして半刻も経ったころだろうか。墓に近づく人影があり、その手にはやはり白い花が握られている。しかし地面が掘り返されていることに気づいたのだろう。その人物は、墓のだいぶ手前で立ち止まった。

「やっぱり今日いらっしゃったんですね、蘭瑛さん」

螢那の声がけに、その人物――侶賢妃の乳姉妹である蘭瑛は、びくりと振り返った。

「あなた……」

「太卜署の螢那です。ここであなたを待っていたんです。今日は侶賢妃様の、月命日ですから」

絶句していた蘭瑛は、その言葉にさらに息を呑んだようだった。

「あなたが、侶賢妃様と宦官の宗惟、そして宮女の燕夕を殺したことはわかっています。それから間接的とはいえ、冤罪で淑妃様の侍女である秋琴まで死に追いやったことも」

「……なにを、言っているのかわからないわ」

どうやら蘭瑛は、すんなり罪を認めてはくれないらしい。螢那は彼女の表情をうかがいながら続けた。

「さっき、気づきましたよね？　この墓を暴かせていただいたんです。なかには大人の頭と身体、そして胎児《たいじ》だったと思われる小さな骨が見つかったんです」

目を見開く蘭瑛を見据えながら、一呼吸おいて螢那は告げた。

「つまり、ここに葬られていた身体は、身籠もってたんです。その身体は、侶賢妃様のものですよね？」

認めてほしいと螢那は思った。そうして秋琴たちに詫《わ》びてほしいと――。

しかしその願いはすぐに裏切られることになる。

蘭瑛が、唐突に笑いだしたのだ。

「……馬鹿なことを言わないで。ここは宮女用の墓でしょう？　侶賢妃様は、北郊外の妃嬪用の陵墓に埋葬されているわ」

「そうですね、ここに葬られている頭部は、尚寝局の宮女だった燕夕さんのものです。つまりふたりの胴体だけすり替えられたんです。侶賢妃様が、身籠もっていることを隠すために……」

「ますます馬鹿げているわ！　妃嬪どころかすべての後宮の女にとって、子を身籠もるというのは最大の栄誉なのよ？　妃であれば、本人だけでなく仕える女官や宮女にいたるまで、みんなね。なのに、そんなお目出度いことを隠すはずがないでしょう!?」

蘭瑛は険を含んだ眼差しでにらみつけてくる。

どんなに身分が低くても、皇帝の子を胎《はら》に宿せば、栄達は約束されたようなもの。後宮の女にとって、それ以上の幸福はないはずだと。

「ですから、考えられることはひとつです。相手が、皇帝陛下でなかったらどうでしょう？」

「な――」

螢那の指摘に、蘭瑛がわずかに後ずさった。

「皇帝陛下の御子をもうけるために後宮に上がった妃が、ほかの男性の子を身籠もったなんて、明るみに出れば大事《おおごと》です」

とくに侶賢妃は、皇后の口利きで後宮に上がった妃だ。そんな立場で、皇帝以外の男と通じていたとなれば、皇后の面子は丸つぶれである。本人はおろか、親族から仕える使用人にいたるまで、一族郎党処断されたに違いない。

「私、ずっと不思議だったんです。侶賢妃様を殺した犯人は、どうしてわざわざ遺体の首を斬るなんて、重労働をしたんだろうって」

皇帝陛下の四夫人のひとりが殺されたとなれば、掖庭局だってそれなりに遺体を調べるはず。そうなれば、身籠もっていることに気づかれるかもしれない。

皇帝陛下の渡りがあったならば、皇帝の子と偽ることもできただろう。しかしその記録もなければ、不義の子であることは容易に露見してしまう。

「つまりあなたには、身籠もってない『侶賢妃様の身体』がどうしても必要だったのではないですか？　それであなたは、宦官の宗惟さんに、侶賢妃様と燕夕さんの首を斬らせて、ふたりの身体を取り換えたんでしょう？」

普段から酒浸りだったという宗惟は、おそらく酒精依存症《アルコール》だったと思われる。そのことをもともと知っていた蘭瑛が、それを利用したのか。それとも彼が、蘭瑛によって酒浸りにさせられ、逆らえないようにされてしまったのか――。

螢那には、どちらなのかはわからない。

いずれにしても宗惟は、酒を条件に遺体の首を斬るよう命じられ、拒否できなかったのではないか。最後に彼自身が、口封じのためにシキミ酒で殺されるなどと、露ほども考えずに。

「そして侶賢妃様のお腹の子の父親は……ひと月前に亡くなったという、侶家の跡継ぎだった方ですよね？」

侶泰安《たいあん》――皇后から聞いた侶家の養子は、侶賢妃とは二歳違いの青年だったという。螢那が喬詠と濤香宮を訪れたとき、宮殿内が喪に服されていたのは、その泰安のためだったはずだ。そのとき蘭瑛は、侶家の跡継ぎが、侶賢妃の死に気落ちして亡くなったかのような話をしていた。

『娘しかいなかった侶尚書は、侶家を存続させるために、遠縁の子供を養子に迎えられていたのです』

養子に入ったときは子供でも、それが何年も前ならいまは立派な大人だ。

嘘は言っていないが、あのとき蘭瑛は、故意に養子が子供であると螢那たちに思いこませようとしたのではないだろうか。

侶賢妃が後宮に上がり、離れ離れになったふたりの間に、どんないきさつがあったかはわからない。

しかし――。

「その方も、あなたが殺したんですかね？　シキミ酒を飲ませて？」

しかし、それでも蘭瑛はなにも答えようとしなかった。

「あなたが倉庫で燕夕さんの遺体を燃やすために使った硝石も、尚食局から盗まれたものだとわかっています。以前皇后様に仕えていたあなたは、尚食局に硝石が大量にあることを知っていたはずですよね？」

畳みかけるように続け、そして螢那は訊ねる。

「わざわざ硝石を使ったのは、紫の炎を見た者から『華妃娘娘の呪い』だと噂が立てば、皇后様が遺体や倉庫をすぐに片づけさせる。あなたには、そうわかっていたからじゃないんですか？」

侶賢妃の遺体をいちはやく燕夕として埋葬し、倉庫に残る証拠を隠滅するために

――。

「……言いがかりはやめてちょうだい」

しかし長い沈黙のあと、蘭瑛はうなるような低い声でつぶやいた。

「たとえこの墓の遺体が身籠もっていたとしても、それは燕夕という宮女のことでしょう？」

「まだ認めないつもりなんですか？」

螢那は眉をひそめた。これだけ言っても、まだ白を切るつもりかと。

「認めないわ！　ここに埋葬されている身体が黎雪のものだなんて――」

そして蘭瑛は、ぎっ、と螢那をにらみつけた。

「証拠はあるの？」

「それは……」

今度は螢那が黙る番だった。土中の遺体は死後すでに数カ月も経っていて、その胴体が侶賢妃のものだという証拠はたしかにないからだ。

「……皇后様に私のことを告げ口したのが蘭瑛さんだということは、皇后様ご自身から聞いています」

螢那はようやくそれだけ告げた。

「私は侶賢妃様のことなど調べていないのに、皇后様がそのことにこだわられる理由がわからなかったのでお訊ねしました」

もともと皇后宮に仕えていた蘭瑛は、皇后に目通りするのも容易だったはず。なにより彼女は、普段から皇后がどのようなことを嫌い、どのようなことに怒るのかも熟知していたはずだ。

ぎりりと歯噛みした蘭瑛は、声を荒らげて言った。

「そうね！　皇后様には、太常寺の女官を名乗る者が、皇后様が黎雪を殺したと疑っている皇太子の命で、いろいろ探っているとお話ししたのよ！」

そして侑彗に犯人扱いされたと聞いた皇后は、激怒して螢那を捕らえさせたというわけだ。

「だけど、私がそう思ったとしても、誰が責められるかしら？　あの日あなたは、たしかにあやしい動きをしていたもの！　なにもおかしなことはないでしょう？」

そして蘭瑛は、あくまで強気に言いきった。

「それだけで、黎雪が不義の子を身籠もっていて、私が殺して遺体を取り換えたなんて言いがかりをつけるつもり!?」

「それは……」

「悪いけれど帰らせてもらうわ。数日後には後宮を出るから、私も忙しいのよ。あなたにつきあっている暇なんてないの」

「待ってください！」

あくまで強気に踵を返す蘭瑛の腕を、螢那は取った。

「行かせるわけにはいきません。一緒に、掖庭局に行っていただきます。秋琴さんの冤罪を晴らさなければならないので」

「放しなさい！」

「嫌ですー！」

「この……っ！」

「あっ」

シュッとなにかが空気を切ったかと思うと、蘭瑛の手には短刀が握られていた。すれすれのところで反射的にそれを避けた螢那だったが、白刃を向けられて息を呑む。

「私は行くわ。これ以上邪魔するつもりなら許さないわよ？」

「いや、でも……」

突然刃物を出されて焦るが、ここで彼女を行かせるわけにはいかなかった。このまま逃しては、姿を消される可能性だってある。

刃を持つ彼女に近づけないため、螢那はせめてと思って進路を阻むように立った。

「そこをどきなさい！　邪魔をするなら殺すわ」

「ええと、ここで私を殺しましても、なんにもならないですよ？」

「うるさいわね！」

とりあえず落ち着いてもらおうとするのだが、蘭瑛はかえって苛立ったように怒鳴りつけてくる。

「あなたなんか、あのとき斬首されていればよかったのよ……！」

「えええええ!?」

しかも振りあげられた蘭瑛の手を避けようとして、螢那はとうとう尻餅をついてしまった。どうしてこうなるのだと、自分のどんくささが嫌になる。

「っ――！」

真上から振り下ろされた白刃に、螢那がぎゅっと目をつむりかけたときだった。

唐突に飛んできた小石が、蘭瑛の手に命中した。彼女が小さな悲鳴をもらすと同時に、短刀がぽろりと落ちてくる。

「うわわわっ！」

足元に刺さった短刀に、螢那は腰を地面にこすりつけるようにして後ずさった。

次の瞬間、さっと躍り出てきた人影が、ふたりの間に割りこんでくる。

「喬詠さん！」

女装した小姑——もとい侑彗の乳兄弟の名を、螢那は叫んだ。よいタイミングで出てきてくれたと、ほっと胸を撫《な》でおろす。

いざとなったら助けてくれるよう頼んではいたが、喬詠のことだ。本当に助けてくれるか、いまいち信じられていなかったのだ。

「ここでは喬花と呼べと言っただろう、小娘！　あいかわらず物覚えが悪いな！」

棒術の棒を手に構えた喬詠が、こんなときでさえ憎まれ口を叩いてくる。

「ああもう、すみませんね！」

「なんだその態度は!?　ああ腹が立つ！　だいたいなぜ俺が、おまえを守らねばならんのだ！」

「ええ!?　そういうこと言います？」

せっかくちょっとだけかっこいいと思ったのに、その物言いはなんなんだろう。

「――喬詠、螢那に怪我させせたら怒るよ」

喬詠と言いあっていると、侑彗の冷めた声が割りこむ。

「はっ！　お任せください、侑彗様」

螢那に対するのとはまったく違う口調で答えると、棒術を得意とする喬詠は、ひらりと身を翻して蘭瑛の道を塞いだ。

可愛らしい少女にしか見えないので、蘭瑛も逃げられると思ったのかもしれない。しかし彼に鋭く突き出された棒に足を取られ、あっという間に転んでしまう。

「往生際が悪いね。せっかく螢那が真相を暴いたんだから、大人しく捕らえられなよ」

枝を踏む音を響かせ、侑彗は喬詠に取り押さえられた蘭瑛に歩み寄った。

「どうして太子までがここに……」

蘭瑛は呆然とつぶやくと、次の瞬間、侑彗をにらみつけて叫んだ。

「かりそめの皇太子のくせに、えらそうな口を叩かないで！　すぐにその地位から追われる身のくせに！」

「かりそめね。皇后はそう願っているんだろうけど。でも僕が皇帝になるのに、彼女の許可は必要ないんだよ」

そう告げた侑彗からぷいと顔を背け、蘭瑛はなおも言い放つ。

「拷問でもなんでもすればいいわ。私は認めないわよ」

「ゴウモンって……」

そんな手荒なことをしたいわけではない。そう螢那は顔をひきつらせた。

「どんなに痛めつけられたって、ぜったいに認めるものですか！　この墓の下にいるのは燕夕よ！」

「その決意と忠誠は見上げたものだけどね……」

そうため息をつくと侑彗は、蘭瑛の前に膝をつき、耳元でそっとなにかをつぶやいた。

「あ……」

その瞬間目を見開いた蘭瑛は、わずかな声をもらした。そしてそのままがっくりとうなだれたのだった。

＊

「侶賢妃の父である侶尚書が、昨日屋敷で命を絶ったそうだ」

侑彗にそう告げられたのは、螢那が二段式の籠を手に、牢に向かっている途中のことだった。

この話をするために、彼はここで螢那を待ち伏せしていたらしい。

「……そうですか」

重い塊を飲みこんだみたいに息苦しく感じ、螢那はそう答えるのがやっとだった。

皇后へは、関わる人々への寛大な処遇をお願いしていた。しかし娘と養子が密通という形で皇帝と皇后を裏切っていたとなれば、侶尚書も宮廷人としてそれ以外の道はなかったのかもしれない。

「それから侶尚書の養子である侶泰安についても、本当に自殺だったと断定されたよ。君の言っていたシキミ酒を、毒と知りながら自分で飲んだらしい」

「どうしてそんな……」

「侶賢妃がみずから命を絶ったことが、耐えられなかったんだろう」

侑彗の言葉に、螢那は唇を引き結ぶ。手にしていた籠のなかから、かちゃかちゃと磁器の器がぶつかる音が響いた。

宮女たちの墓地で捕らえられたあと、蘭瑛は驚くほど素直に語るようになった。その結果、螢那の推測が間違っていたことも、いくつかあったのだ。

『黎雪は……自分で喉を突いたのよ』

蘭瑛がそう告げたように、侶賢妃は蘭瑛が殺したのではなく自殺だったのだ。身籠もったことで密通が露見し、弟であり恋人でもある泰安に罪が及ぶのを怖れた末のことらしい。

その日侶賢妃は、いつものように燕夕と入れ替わって後宮を抜け出し、泰安と会ったのだという。そして戻ってきたあと、普段から燕夕が管理を任されていたあの倉庫で自ら命を絶ったのだと。

そして蘭瑛は、今際《いまわ》の際《きわ》の侶賢妃に命じられて、遺体の取り換えを行ったのだ。

「侶賢妃様は、恋人の命を守りたい一心で命を絶ったのに、それを知った泰安様も、また死を選んだのですね」

やりきれない思いでいる螢那に、侑彗はさらに続けた。

「侶尚書は、養子である泰安が自死したことについては、義姉が亡くなって気落ちしたせいとだけ思っていたようだよ。だけど真相を知って、皇后の要求を呑んでひとり娘を後宮に入れてしまったことを、心の底から後悔していたと」

いまとなっては、取り返しのつかないことだ。だから螢那は、ただうなずくことしかできなかった。

「……黙っていてやれば、よかったんでしょうかね」

螢那が真相を暴かなければ——よけいなことをしなければ、侶尚書だけでも死ぬことなく、これほど後味の悪い思いもしないですんだはずだ。

つぶやいた螢那に、しかし侑彗は首を振った。

「そうしたら、秋琴や宗惟、燕夕が浮かばれないだろう？」

侑彗の言うとおりだ。

侶賢妃や蘭瑛にとって、宮女や宦官の命は、罪を隠すための偽装に使えるほど軽いものだったのかもしれない。しかし本来、身分にかかわらず命は等しく扱われるべきである。

「なんの用よ？」

地下牢に下りると、足音で早々に螢那の来訪に気づいていたらしい蘭瑛は、ふたりを一瞥《いちべつ》して言った。

その顔はやつれていたが、悲愴な雰囲気は感じられなかった。むしろ、どこか虚脱したかのように見える。

「最後にひとつだけ、教えてほしいことがあって……」

籠に詰めてきた、差し入れの食事を格子の隙間から入れながら、螢那は口を開いた。

「なによ？」

「どうして、秋琴さんだったんですか？」

「文栄《ぶんえい》の首を後生大事に持っているのを知っていたから、ちょうどいいと思っただけよ」

あのときはまだ、事件は公《おおやけ》になっておらず、蘭瑛が犯人とも特定できていなかった。だからもちろん侶尚書も、なにも知らなかったはずなのに。

いや、というか、蘭瑛の証言があってはじめて事件が明るみに出て、侶尚書の耳にも入ったわけで――。

「またそんな嘘をついて……」

侑彗にそう告げられたからこそ蘭瑛は、すべてを観念して罪を認めた。つまりそのとき侶尚書がなにも知らなかったとわかっていれば、彼女はけっして口を割らなかったはずだ。

『母が私を身籠もっているときに父が亡くなって。そのままでは路頭に迷うところだったのを、侶賢妃様の父である侶尚書に拾っていただいて……』

蘭瑛がなにより恐れていたのは、恩人である侶尚書に、彼の娘と養子の死の真相を知られることだったのだ。

もし自分の証言の結果、侶尚書も自死したのだと知れば、彼女の受ける衝撃は計りしれないはず――。

「だから嘘じゃなくて、はったりだよ」

「……同じようなものですよ」

あいかわらず、息を吐くように嘘がつける男である。

しかもあのときは、蘭瑛の侶尚書への気持ちもわからなかったのだから、行き当たりばったりもいいところだ。

それでもまったく悪びれる気配なく、牢で蘭瑛の前に立っていたのだから、その神経ときたら逆に見上げたものである。

蘭瑛を追いつめた螢那が言える義理ではないのかもしれないが――。

（鬼畜すぎますー）

そう顔をひきつらせながら螢那は、隣を歩く侑彗の横顔を眺めた。

息を吐くように嘘をつく男――。

いつかその嘘が、それが生みだす人の怨みが、彼に跳ね返らないよう螢那は祈るしかない。

そう思って――。

終章

鈴懸《すずかけ》の黄色い葉が風に舞った――。

秋の気配が深まり冬の足音さえ近づきつつあったこの日、螢那は旅仕度を整えた冬薇の見送りに来ていた。

「道中気をつけてくださいね」

冬薇はこれから、秋琴と彼女の恋人だった文栄の頭蓋骨を、ふたりの故郷へと帰しにいくのだ。

螢那は春を待って旅に出るよう勧めたが、冬薇はできるだけはやく後宮を発《た》つことを望んだ。通常、宮女が後宮を長期に出ることは許されないが、今回のことは淑妃が特別に許可したと聞いている。

「私がいない間、淑妃様のことをお願いね」

そう言い残した冬薇が見えなくなるまで手を振っていると、建物の陰からひょっこりと顔を出す者がいた。

「行ったのかい？」

だれが、とは訊かなかった。

「気になるなら、自分で見送ればよかったのに」

「冗談じゃないよ。あいつと顔を合わせたら、また小うるさいことを言われるに決まっているからね」

瑠宇はそう言って顔をしかめた。

「素直じゃないですねー」

なんだかんだ言って仲がいいくせにと、螢那は笑った。

「なんだって？　……まあいいさ。あんたを呼びに来たんだ」

眉をひそめかけた瑠宇だったが、すぐに肩をすくめる。

「え、またなにかあったんですか？」

「いいからつきあいなよ」

警戒する螢那の腕を取り、そのままぐいぐいと引っ張っていく。はじめて会ったときと同じように。

「いや、えっと、この先は……」

博打の死霊――宗惟がいるところではないだろうか。

そう気づいた螢那は、抵抗した。

「嫌です。そっちへは行きたくありませんー！」

嫌がる螢那にかまわず、瑠宇は引きずるようにして螢那を連れていく。

「ああもう！　死者が生者を呪うことなんてないって言ったのは、あんたじゃないか！　だったら怖がることなんてないだろ！」

「生理的なものなんですー。理屈じゃないんですよ！」

蘭瑛の殺人に手を貸したすえに殺された宗惟のことは、憤りとともに同情も感じているが、それとこれとは話が別である。

しかし死霊が見えてきても、瑠宇は放してくれなかった。あいかわらずこの世のものではない声でつぶやきつづける死霊の姿に、螢那は震えあがった。

「ここにいるんだね？　宗惟が」

「そ、そうです」

なるたけそちらを見ないようにしていると、瑠宇は逃げ出そうとする螢那の裙を握りしめながら、死霊の正面に座りこんだ。

もちろん死んだ宗惟に、変化はない。自分の世界に入ってしまっていて、瑠宇の顔など見えていないのだろう。

瑠宇は懐からなにかを取り出して、地面に転がした。

賽子だ。

カラ、カラン――。

それが音を立てると、宗惟がはっと顔を上げた。その目が賽子の動きを追う。

瑠宇は、今度は碗を伏せ、そのなかで賽子を転がす。すると死霊の唇が動いた。

「……丁だそうです」

螢那が瑠宇に伝えると、彼女はうなずいて男物の巾着を取り出し、そのなかから硬貨を一枚、丁のところに置く。そして帯の間から出したもう一枚は、半のところに指で弾《はじ》いた。

碗を開けると、勝ったのは宗惟の死霊だった。瑠宇は無言で貨幣を死霊の前に落とすと、また碗のなかで賽子を転がす。

「ええと、今度は半だそうです……」

「……あんた馬鹿だよ。いくらだってやり直す機会《チャンス》はあったはずなのに、いつまでも酒飲んで博打して、最後には殺人にまで加担してさ。本当に大馬鹿だよ」

染みるような瑠宇の声が、聞こえているのかいないのか。いくどとなく賽子が転がり、貨幣が行ったり来たりするのを、宗惟はじっと見つめつづけていた。

いつまでそうしていただろう。

「あ――」

「どうした？」

ふいに声をもらした螢那に、瑠宇が訊ねる。

「……宗惟さんの死霊が消えました」

「それは……黄泉へ向かったってことかい？」

「さあ、どうでしょう……？」

消えただけで、その理由なんて螢那にだってわからない。そもそも黄泉——死後の世界があるかどうかさえ、生者に知るよしもないのだから。

「あんた……」

すると瑠宇はあきれたように言った。

「こういうときは嘘でも『そうだ』ってうなずくところだろ！」

「と言われましても、嘘は嫌いなので……」

もし本当に黄泉に向かったのだとしたら、最後に博打を打てて宗惟は満足したということなのだろうか。

そんなことを考えていると、瑠宇は髪をかき乱しながら叫んだ。

「ああもう！　いいよ、あたしは勝手にそう思うことにするから！」

融通が利かないねえとこぼしながら、瑠宇はすっくと立ち上がった。そして巾着のなかにあった貨幣の半分を螢那に押しつける。

「あいつさ、もともとは官僚の卵だったんだ」

「あいつって、宗惟さんですか?」

「ああ。あいつ、もとはいい家の坊ちゃんだったんだよ。だけど科挙《かきょ》を目指しているときに、無実の罪で父親が処刑されてね。自分は宮刑になっちまったうえに、名家の出ってことで、宦官になってからもいろいろいじめられたりしてね。それで自棄《やけ》になって、酒に溺れるようになっちまったのさ」

まあそんなやつは、この後宮には掃いて捨てるほどいるけどさ——。

瑠宇はそう自嘲するように笑った。

「だから、あいつのしたことは許されることではないけれど、せめてあたしだけでも、あいつを悼んでやりたかったんだよ」

「……そうですか」

螢那がうなずくと、瑠宇は「それだけかい!」と笑って踵を返した。

「いろいろ世話になったな! じゃあ、またよろしく!」

そして彼女は、一陣の風のように駆けていく。

その背中を眺めながら、螢那は「そうか。それでいいのか」と目から鱗《うろこ》が落ちた気持ちになった。

難しく考えなくても、たとえ不思議な力など持たなくても、死者の魂を慰《なぐさ》めてやることはできるのだと——。

騒がしい瑠宇がいなくなると、螢那のまわりはとたんに静かになる。旅に出た冬薇も、当分は帰ってこないだろう。

＊

秋も深まったせいだろうか。

それを少しばかり寂しく思いながら、てくてくと歩いていると、足は自然と玄冥殿へと向かった。

秋琴の冤罪が証明されるとともに、淑妃への疑いも晴れた。いずれ近いうちに彼女も、玄冥殿から、かつての居処だった苑羅宮へ戻ることになるだろう。

「螢那よ」

ふいにかけられた声に振り向くと、庭園に続く道から侍女を引き連れた皇后がやって来るところだった。

名を呼ばれたことに驚きながら急いで駆け寄り、彼女の前で膝を折る。

何事だろう。そう心臓をどきどきさせて言葉を待っていた螢那だったが――。

「……食してみたが、悪くはなかったぞ」

唐突にそう言われ、すぐには意味が理解できない。しかしそれが先日献上した鴨血のことを話しているのだと気づいて、螢那はぱあぁと顔を輝かせた。

「気に入ってもらえてよかったですー」

自分の好物を認めてもらえるのはどんなときでもうれしいことだ。

「それを言うために、わざわざ声をかけてくれたんですか？」

「褒美として、これを取らせよう」

訊ねたことには答えてくれなかったけれども、皇后はそう言って銀の簪《かんざし》を差し出した。ひと目で名だたる名工が作ったとわかる、見事な細工ものだ。

装身具にはそれほど興味はないけれど、螢那は礼を口にしてそれを受け取った。たぶんこれは、素直じゃない皇后の、斬首しようとした詫びも兼ねているのではないか。そう思ったからだ。

「それで、そなたにひとつ頼みがあるのだ」

「なんですか？」

頼みだなどと、直接言葉を交わすことさえ許されなかったときから考えれば、ものすごい友好的な関係になったのではないか。

そう笑みが浮かんだのも束《つか》の間《ま》だった。

「お断りします」

皇后が口を開く前に涼やかな声が耳に届いたかと思うと、いつのまにか近づいてきていた侑彗が、螢那の腕をつかんでいた。彼はそのまま螢那の手を引き、皇后の前から走りだす。

「侑彗殿！」

皇后と話をしていたのにそれを横から連れだすとは、さすがに失礼が過ぎるのではないか。

するとと非難する声が耳に届いたのか、彼は立ち止まってくるりと螢那を振り返った。

「冬薇は発ったのかい？」

まるで関係ないことを言う。あたかも皇后の前から彼女をかっさらったことなど忘れたかのように。

「なに、なかったことにしてるんですか？」

「君が皇后につかまってるから、助けてあげただけじゃないか。感謝されてもいいと思うんだけど」

侑彗はそう言って肩をすくめた。

「つかまるって、少しお話をしていただけなんですけど……」

「彼女は君を斬首しようとした人だよ？」

「私を拉致してきた人がよく言いますね？」

拉致についても、なにをなかったことにしてやがるのか。

そう返しながらも「いや待てよ？」と螢那は考える。

もしかしなくても自分は、侑彗と皇后のどちらにも、かなりひどいことをされているのではないだろうかと。

「だって、しょうがないじゃないか。君だって陛下の妃になるつもりなんて、まったくなかっただろう？」

侑彗はあいかわらず悪びれずに言い放つ。

しかし、侶賢妃が亡くなったあと皇后が、螢那を皇帝の妃として後宮に上げるつもりだったところを、横から奪い取ったことは認めるらしい。

「まあ、たしかにそれはそうなんですけど……」

「じゃあやっぱり、僕は感謝されてもいいよね？」

「ええと……」

そうなのか？

螢那が一瞬、丸めこまれそうになったときだった。

「あ、なにするんですか！」

それでもまだ腑に落ちないでいる螢那の手から簪を取りあげ、侑彗はそれを放り投げてしまう。そして彼は非難の声をもらす彼女に向き直ると、その手を握ってくる。

「僕のほうはいつでもいいよ」

「なにがですか？」

「陛下の妃になる気はない。つまり、僕の妃になるってことだろう？」

「……びっくりするくらい、飛躍した発想です！」

なんなんだ、その理屈は。

そもそも螢那には、その二択しか許されないのか？

「正直私は、皇后様にもあなたにも、どちらにも近づきたくないんです。ていうか、いろいろ巻きこまれたくありません！」

──そう、ふたりの因縁に巻きこまれたくない。

螢那は侑彗の顔を見上げた。その、今上陛下とそっくりな顔を──。

そして考えてしまうのだ。

もし二十四年前、華妃娘娘の生んだ御子が、呪われた妖物でなく、健やかな皇子として生まれていたとしたら？

そしてその皇子が、後宮から逃されていたら？

さらに皇帝が、そのことに気づいていたら？

──みな、ただの仮説だ。

だけど、もしそうだとしたら、彼を皇位に就けたいという皇帝の、甥に対する寵愛《ちょうあい》にも説明がつくのではないだろうか。

そしてなにより、侑彗と皇后の互いに対する態度にも――。

『これは死者の呪いなのだ。だが妾を呪いたいのならば、好きに呪えばいい。妾は逃げも隠れもせぬ』

そう言い放ったときの皇后の顔を思いだすと、当時のことを想像せずにはいられなかった。

華妃に数カ月遅れて子を身籠もった皇后が、みずからの子を皇位に就けるため、華妃を陥れたのではないかと。

その後、妊娠中の貧血状態から氷を食べるようになった皇后は、それを華妃の呪いと思いこみ、良心の呵責とともに長年氷を噛まずにはいられなくなってしまったのではないかと。

なぜなら、彼女は言葉とはうらはらに、誰よりも「華妃娘娘の呪い」を怖れているからだ。人々が紫の炎を見たという噂を聞くだけで、その倉庫を早々に解体させてしまうほどに。そして螢那が「華妃娘娘の呪いを解こうとした」と口にしたとたん、斬首しようとするほどに。

もちろんどれも、螢那が勝手に考えているだけで、証拠はない。

だからこそ、これだけは確認したいと、螢那は侑彗に向き直った。

「皇后様がお生みになった、前の皇太子様のことですが――」

「うん？」

「その死に、あなたは関わってないですよね？」

その瞬間、侑彗は虚をつかれたように螢那を見つめかえした。

しかし前の皇太子が亡くなったことで、一番利益を受けたのが侑彗である以上、これは確認しなければならないことだった。

不幸の続く後宮――。どこまでが人為で、どこまでが偶然かはわからない。だからこそ否定してほしい。そう螢那は強く願った。

「――関わってないよ」

その瞬間、螢那は大きく息を吐きだした。どうやら、思いのほか緊張していたようだ。

「本当に？」

「本当に」

正直、息を吐くように嘘をつける彼の言葉を、信じていいのかわからない。だけどそれでもいまは、彼を信じたかった。

『君ならば、僕にかけられた呪いを解いてくれるんじゃないかと思ってるんだ』

彼のその言葉は、どうにか現状を変えたいという、彼の心の奥にひそんだ声の気がするからだ。

『琰王朝にかけられた呪いを解き、世継ぎ問題を解決できるのは巫女のみ』

螢那が後宮に入るきっかけとなった高祖の予言――。

予言なんてものは嘘っぱちである。

しかし、ただの戯言《たわごと》と片づけていいのか迷うほどには、いろいろなことが重なりすぎている。

だからこそよけいに、皇后と侑彗のどちらにもつきたくない。双方の譲歩の上に立つ、太卜署の女官でありつづけたいと螢那は思った。

「まあ、いつかは後宮《ここ》からも逃げてみせますけどね」

螢那のつぶやきは、侑彗には聞こえなかったようだ。

誰が皇位に就くとか、そんなことは螢那には関係ない。

ただ今回のように、ありもしない呪いや予言のために、追いつめられ死に追いやられる人がいるならば、それは止めなければならないとも思う。

その結果、あのとき助けられなかった母の代わりに誰かを救うことができるなら、きっと螢那の心も、冬薇のように踏んぎりをつけられるかもしれない。そんな気がするからだ。

だというのに――。

「じゃあ、これ」

「なんですか、これ？」

当然のように侑彗に渡された玉の房飾りに、螢那は首をかしげた。

「僕の玉佩《ぎょくはい》だよ。君が僕のものだという証《あかし》としてつけてくれ」

「……ええと、私の話、聞いていましたか？」

ようは皇后の簪に対抗したいということかと、螢那は頭痛を感じた。

「だって、君には責任を取ってもらわないとね」

「責任？」

「言っただろう？　あの日、僕を生まれ変わらせたのは君だと」

「ああ、そういえば……」

「だから君と再会したときに、僕はまるで天に試されているかのような気になったんだ」

「試される？」

「そう。おのれが皇位に就くにふさわしいかどうかを、ね」

そんなたいそうなものではない。長きにわたる迫害のせいで、ほかの適当な巫女がいなかっただけだ。

なのに侑彗は、まるでそれが天の差配であったかのように言う。

「君が僕を選んでくれたら、それこそが天意だと思うんだ」

「んなはずないでしょう」

呪いと同じで、天意なんてこの世にあるものか。

「そうかい？」

だけど侑彗は、否定する螢那をくすりと笑う。彼の不敵さが、どこまで本気で、どこまで嘘なのか、もはや螢那にはわからない。しかし――。

「だから――」

玉佩を勝手に帯に結びつけてくる侑彗に、螢那は息を思いきり吸いこんだ。

「いいかげんに人の話を聞けー！」

そして螢那は、どこまでも悪びれずに振りまわしてくる侑彗に、力いっぱい叫んだのだった――。

Kokyu no Miko wa Kisaki ni Naranai

外伝「君に嘘はつかない」

Kei Kijima Presents

「ねえ、あれ見てよ。これ見よがしにムカつくわよねえ」

「やだやだ！　自分のこと何様だと思ってるのかしら」

「ほんと、あいかわらずいい気になってるわよね、あの女！」

宮墻《かべ》に挟まれた通路の両側で、宮女たちがそんな会話を交わしている。

ちらちらとこちらに視線を向けてくる彼女たちの存在に、螢那は顔を青ざめさせていた。

「ぜ、ぜんぶ聞こえているんですが……」

たぶん気のせいではない。あれはすべて、螢那のことを話しているのだ。

耳に届く聞こえよがしの声。最近ずっと、こんな調子である。

「私がいったいなにをしたというのでしょう……」

彼女たちが陰口をたたく理由――。

それは、螢那がいま身につけている簪と玉佩にある。

いつの間にか、それらが皇后と皇太子からそれぞれ賜ったものだという噂が、後宮中に広がっていたのだ。そのせいで螢那が、ふたりから気に入られていることをひけらかしていると、多くの宮女たちに思いこまれてしまっているらしい。

「うっうっ、まったくの誤解なのに……」

あんまりであると、螢那は涙を流した。簪はともかく、玉佩――つまり腰に下げている玉の房飾りは、侑彗に無理やり押しつけられたものなのに、と。

身につけることを拒否して部屋に置いてきても、侑彗になにやら言われたらしい瑠宇が、勝手にやって来て螢那の帯に結びつけていくのだ。

されるままになっていたら、侑彗がまたどんなぶっ飛んだ思いこみをするかわからない。だから螢那としては、皇后からの簪を一緒につけることで、彼の意のままにならないと、意思表明せざるをえないというだけなのだ。

「なのに、なぜ私がこんな目に遭わなければならないのでしょう……！」

あまりの理不尽さに、螢那がそうこぼしたときだった。

「探したよ、螢那！　ここにいたんだね」

聞き覚えのある涼やかな声に、振り返った螢那は思わずつぶやいてしまう。

「出ましたね、元凶……！」

そこには諸悪の根源たる侑彗が、にこにこと笑みを浮かべて歩み寄ってくる姿があったからだ。

「ん？　なんか言ったかい？」

「べつになにも!?」

腹立たしいが、これでもこの国の皇太子だ。滅多なことは言えないと口をつぐんでいると、周囲の宮女たちから遠巻きににらまれているのをひしひしと感じる。

「……あの、どうでもいいのですが、私に近づかないでくれませんか？」

「あいかわらず、つれないな。そうか、照れているんだね。でもかまわないよ。その玉佩が、君と僕とを結びつけてくれているからね」

そうじゃなくて、と螢那は叫んだ。

「まわりの視線が痛いんですよ！」

「ああ」

周囲を見まわし、侑彗はうなずいた。

「外野のことなんて、気にしなくていいよ。僕の心には君ひとりだから」

そんなことを言っているんじゃない……。

しかしもはやなにを言っても、完全に暖簾《のれん》に腕押し状態だ。

「ああ、もう！　なにか用があるなら、さっさと言ってくださいー！」

この上は、用件を片付けてさっさと逃げるしかない。苛立った螢那は、そう叫んだ。

「そうだ、君に会えたうれしさで、大切なことを忘れるところだった。淑妃が君を呼んでいるんだよ」

「淑妃様が――？」

渡りに舟である。それをはやく言えと、螢那はそのまま上機嫌で話を続けようとする侑彗にかまわず走りだしたのだった。


「ああ、螢那！　急に呼び出して悪かったわね」

玄冥殿へ到着すると、淑妃はいつものように両手を広げて螢那を迎え入れてくれる。

「淑妃様ー！」

螢那は淑妃に、最近身に起こっている理不尽な出来事について、いろいろ愚痴を聞いてもらおうと駆け寄った。しかし――。

「その長持《ながもち》は、あちらの部屋で一時的に保管をして！」

「このお道具は先に向こうへ運んでちょうだい！」

室内では、普段は静かに控えているはずの侍女たちがバタバタと動きまわっている。

「ええと、この状態は……」

「ごめんなさいね、ほら、もうすぐ引っ越しするでしょう？　それでなかなか落ち着かないのよ」

なるほど。近日中にもとの居処だった苑羅宮に戻るので、荷造りや片付け作業に追われているらしい。

「そういえば、私をお呼びになったのは、なにかご用だったたんですか？」

どうやら話を聞いてもらえる状況ではなさそうだ。そう判断した螢那は淑妃に切り出した。

「そうそう。宮殿を移る前に、少し物を減らしたくてね。螢那も、なにか欲しいものはないかしら？」

「いやいや、ないです。お気になさらず」

名家の出である淑妃が持つのは、みな一級の品ばかりだ。本人がいらないからと言って、一介の女官が簡単にもらうわけにはいかない。

「そう言わずに。ほら、この襦衣《うわぎ》なんてどう？ 私の若いころのもので、もう私が着られるような柄じゃないし、螢那に似合うと思うのよ」

「こんな上等なもの、いただけませんよー！」

ただでさえ宮女たちににらまれているのだ。そのうえ淑妃からもらった衣まで身に着けていたら、なにを言われるかわからない。

「じゃあせめて、帯くらい持っていってちょうだいな？ それならあまり目立たないでしょう？」

「……じゃあ、お言葉に甘えて」

そこまで言われてしまっては、これ以上断るのはかえって失礼だろう。そう思ってうなずくと、いつの間にか玄冥殿まで螢那を追いかけてきていたらしい侑彗が口を挟んだ。

「帯が入っているのは、まだこちらに運んでないんじゃないですか？　昨日片づけていた西の部屋にまだあるなら、持ってきましょうか？」

なぜ侑彗がそんなことを知っているのだ。

前から思っていたが、最近のふたりはいつのまにかずいぶんと仲がいい。まるで親子――いや、まだ若い淑妃のこと、姉弟《きょうだい》と言った方が正しいのかもしれないが。

「あら、いいのかしら。皇太子殿下をそんなことにお使いして」

「かまいませんよ」

「いいです、自分で行きますから」

皇太子を使いっ走りになんてできるはずがない。螢那はそう思って首を振ったのだが。

「そう？　じゃあ、あちらで侑彗殿が見繕ってあげてちょうだいな」

「おまかせください」

淑妃の言葉に、侑彗はにっこりと笑みを浮かべた。

ふたりで勝手に話をつけられてしまい、仕方がなく螢那は侑彗についていく。通された部屋に入ると、昨日片づけたと言っていたとおり、ずいぶんすっきりしている。

「淑妃がくれるって言ってるんだから、この機会にいろいろともらっておけばいいのに。将来いろいろと使えるんじゃないかな」

「そういうわけにはいきませんよ」

「あいかわらず遠慮深いな。そんな君も好きだけどね。でもまあ、君が東宮妃になったときに僕がそろえてあげる楽しみもあるから、いま淑妃からもらう必要もないか」

「勝手な未来図を描かないでくださいー！」

「はは、帯はそこに入っていたはずだから――」

そんな将来、来てたまるか。そう思いながら螢那が、指さされた長持のひとつを見たときだった。

「わっ」

短く上がった侑彗の声に驚いて顔を上げる。すると彼が寄りかかろうとした壁が、なぜか扉のように開いていた。

「危ないです！」

侑彗にとっても思いがけないことだったのだろう。背中から後ろに倒れそうになっている彼の腕をつかもうと、螢那は思わず手を伸ばした。

「わ、わっ……！」

しかし成人男性の体重をひとりで支えられるわけもない。体勢を崩した螢那は、侑彗ごと扉の向こうの床に倒れこんでしまった。

「っ――!」

「大丈夫かい?」

身体を打ちつけることはなかったが、侑彗を下敷きにしていることに気づいて、螢那は慌てて彼の上からどこうとした。

「びっくりしましたよー! なんですか、ここ……」

顔を上げた螢那は目を丸くした。

そこは狭い物置きのようになっていて、奥に棚が並んでいるのが見えたからだ。

「もしかして、隠し部屋ですか……?」

かすかに生薬の匂いがして、螢那は思わず駆け寄ろうとする。しかしその瞬間、螢那の背後で扉がパタンと閉まる音がする。

「へ?」

突然暗闇に包まれ、なにも見えなくなる。慌てて螢那は、振り返って扉だった場所を押してみた。しかしびくともしない。

「えええええ!?」

そういえばこちら側からは引き戸になるはずだ。そう思いながら手探りするが、取っ手のようなものも見つからない。戸の隙間に指を差し入れてみても、力を入れられなくて開けられなかった。

「……もしかして、閉じ込められました？」

「そうみたいだね」

取り乱すことなく、侑彗が答えた。

「冗談じゃないですよー！」

外で誰か気づいてくれないかと、螢那は必死に扉をドンドンと叩いた。

暗闇だ。

そして狭い。

ああ、これは駄目だ、と――。

「君の話では、玄冥殿はもともと不老不死を研究していた道士たちが使っていた殿宇だったっていうし、仕掛けがいろいろあってもおかしくはないかもね。ここはもしかして、怪しげな道具や生薬を隠すための部屋だったんじゃないかな」

すぐ隣で聞こえる侑彗の声が終わらないうちに、こらえきれなくなった螢那は、その場に座りこんでしまう。

「どうしたの？」

突然の螢那の異変に気づいて、侑彗が驚いたように声をかけてくる。

「……言っておきますが、呪いではありませんからね？」

空気がうまく吸えなくて、肩でハアハアと息をしながら螢那は答えた。

「わかってるよ。だから訊いてるんだよ。急に気分が悪くなったの？」

「気分というか……」

言ってしまえと、螢那は心のなかでつぶやいてから口を開いた。

「実は……私、こういう暗くて狭いところが苦手なんです」

母が殺されたときに厨子に閉じこめられていたせいか、あれ以来こういった場所が駄目なのだ。

はじめはなんとなく苦手というくらいだった。しかしある日の巫女教育で、問われた薬草の種類を間違えたところ、祖母に死霊のいる物置きに閉じこめられてしまったのだ。

それが決定的な契機となって、完全に受けつけなくなってしまった。死霊だらけの滝つぼのほうがましと思うくらいに。

「でもこの間、牢に入れられたときは大丈夫だったんだろう？」

「たしかにあそこも、死霊の気配はありましたけれど……」

螢那の入った独房にはいなかったので、そこまで気にはならなかった。なにより――。

「明かり取りの小さな窓がありましたし、それに牢は三方を壁で囲まれていても、一方が通路に向けて思いきり開いていますから」

「──まあ、鉄格子がはめられているけどね」

閉塞感がなかったと話す螢那に、侑彗は答えた。

「それに、常時火が灯されているので、夜でも真っ暗になりませんでしたし」

「──囚人の脱走防止のためにね」

「なにより、ずっと人がそばについていてくれるじゃないですか」

「──つまり、看守だよね」

「おかげで、あそこはものすごく安心できました！」

「……それはよかったね」

なぜか笑っている様子の侑彗を腹立たしく思いながら、螢那は必死に呼吸を整えようとする。

「でもここだって、慣れれば大丈夫です！　なかに死霊はいませんし！　ようは思いこみなんですから──」

ゼエハアと息をしながら、螢那は自分に言い聞かせようと深呼吸する。

「無理しなくていいよ」

しかし、暗闇の向こうから侑彗の声がやわらかく響いた。

「君が狭くて暗いところが怖いって思うのは事実なんだから。無理にがまんしなくていいじゃないか」

「ですが……」

「自分の気持ちをそのまま受け止めてあげればいいだけさ」

「そのままと言われましても……」

「大丈夫だよ。ほら、こうしていれば、少し落ち着かないかな？」

ふいに、緊張で冷え切った手がぬくもりに包まれる。

驚きながらも、その温かさに螢那の心が緩む。

見えなくても、誰かがそばにいると思うだけで、なんとなく不安が薄れる気がする。

言われたとおりゆっくりと息を吐き出していると、動悸がだんだん収まってきた。

「……もう、大丈夫そうです」

ここから抜け出したい気持ちは変わらないが、それでも少し落ち着いた気がする。

「そう？」

不思議だ。いつもこうなると、なかなかもとには戻らないのに。そう思いながら螢那は侑彗の手を外そうとする。

しかし、彼は手を放してくれなかった。

「ええと、侑彗殿？」

それはそれで困る。しかももぞもぞと手を引こうとしたところで、逆に彼に握りこまれてしまう。

もう大丈夫なので、手を放してくれ——。そう言おうとしたところで侑彗が口を開いた。

「君は——」

「はい？」

「君は僕のことを嘘つきと思っているようだけど……」

「はい」

事実なので螢那は即座にうなずいた。

「僕は、君に嘘はつかない。君にだけは——」

暗闇に、真摯な声が響いた。

「君に嘘をついたのは一度だけだ。子供のときの、あの星祭りの夜。あれ以来、君に嘘をついたことはないよ」

「あのときの嘘って……」

太刀打ちできない相手に命を狙われていると言ったのに、実は追いかけてきた男たちは侑彗の屋敷の者で、狙われてなどいなかったことだろうか——。

いや。それとも……。やはり彼は命を狙われていて、嘘だと言ったこと自体が嘘だったのか——。

「だから――」

「わかりました！」

螢那は侑彗の言葉を遮った。なにやらさきほどからまた心臓がどきどきしてきて、自分がいつもと違う気がしたからだ。

「はっ！　もしかしてこれは、吊り橋効果というものではないですか……!?」

「吊り橋……なんだって？」

「ですから、吊り橋の上にいる男女がですねえ――」

そう言いかけて、螢那は口をつぐむ。この状態で言うのは恥ずかしい。というか、侑彗に変な誤解を与えかねない。

「どうしたの？」

頬に吐息を感じた。距離がつめられた気配に、螢那はますますどきどきしてしまう。

「いやいやいやいやいや！　だから気のせいです！　ぜったいに気のせいですから――！」

吊り橋効果などあるものか。口ごもった螢那が、そう深呼吸したときだった。

突然、視界がぱっと明るくなった。

眩《まぶ》しさに目をすがめながら見ると、先ほどまでびくともしなかった扉が開いている。

「小娘！　お忙しい侑彗様を、こんなところにお引き止めするとはどういう了見だ！」

そこにいたのは、小姑――もとい女装姿の喬詠だった。

「喬詠さん、助かりましたよー！」

「いいから出ろ！」

「はいい！」

苛立った声で命じられ、螢那は慌てて小部屋から飛び出る。すると喬詠は、あとから出てきた侑彗に跪いた。

「お姿が見えないので、ここではないかと参った次第です。どこかお怪我などは？」

「ないよ」

侑彗がどことなく憮然としていることになど気づかず、螢那は扉が閉じないよう押さえながら、もう一度隠し部屋のなかを探った。

「なんだ、こうなってたんですね」

どうやら、足元にあった出っ張りを踏めばよかっただけのことらしい。いくら暗闇でパニックになっていたからといって、こんな簡単な仕掛けがわからなかったなんて。

「あれ？」

ふと、あることに気づいて螢那は動きを止めた。

『お姿が見えないので、ここではないかと参った次第です』

さきほど喬詠は、そう口にしなかっただろうか。

「もしかして喬詠さんは、この隠し部屋について知っていたんですか？」

「昨日、淑妃様の引っ越しを手伝っていて侑彗様と見つけた」

「そうなんですね……って——？」

螢那は、ゆっくりと侑彗を振り返った。

「つまり侑彗殿。もしかして内側から扉が簡単に開けられること、知ってたんですか？」

「ん？」

悪びれることのない笑みを向けられる。

否定しないということは、「是《はい》」ということだ。

『君に嘘はつかない』

たしかに嘘はついていない。

そう、黙っていただけで。

たしかに、嘘はついていないけれど——。

「めずらしい生薬がありそうだったから、君がよろこぶんじゃないかと思ってね」

そのどこまでもすっとぼけた笑顔に、とうとう螢那は爆発した。

「ふ、ざ、け、ん、な！」

これだから、この男は信用できないのだと——。

参考文献

『中国シャーマニズムの研究』中村治兵衛（著）／刀水書房
『中国の巫術』張紫晨（著）・伊藤清司＋堀田洋子（訳）／学生社
『儒教とは何か』加地伸行（著）／中公新書
『中国人の死体観察学『洗冤集録』の世界』宋慈（著）・徳田隆（訳）・西丸與一（監修）／雄山閣

―――本書のプロフィール―――

本書は書き下ろしです。

小学館文庫

後宮《こうきゅう》の巫女《みこ》は妃《きさき》にならない

著者　貴嶋啓《きじまけい》

二〇二三年四月十一日　初版第一刷発行

発行人　石川和男
発行所　株式会社 小学館
〒一〇一-八〇〇一
東京都千代田区一ツ橋二-三-一
電話　編集〇三-三二三〇-五六一六
　　　販売〇三-五二八一-三五五五
印刷所――――凸版印刷株式会社

この文庫の詳しい内容はインターネットで24時間ご覧になれます。
小学館公式ホームページ　https://www.shogakukan.co.jp

ISBN978-4-09-407245-7